会津　友の墓標

西村京太郎

集英社文庫

目次

十津川警部シリーズ　会津　友の墓標

第一章　友の手紙

1

大学の同窓生、佐伯隆太から、十津川は、手紙を受け取った。

珍しいことだった。東京の世田谷に住んでいる佐伯は、最近はもっぱら、電話か、ファックスの連絡だったからである。

（他人にきかれると、まずいことでも、書いてきたのか）

と、思いながら、十津川は「親展」と書かれた手紙を読んだ。

〈君は、同窓の折戸修平を覚えているか？

おれと君は、大学時代、ヨット部で仲良くやっていたが、折戸は、空手をやっていた。

三年の時、酔って、新宿歌舞伎町で、同じく酔ったサラリーマンと喧嘩をして、警察沙汰になり、危うく退学処分を受けるところだった、あの折戸だよ。君は、あいつは、狷介で、ひとりよがりのところがあるから、好きになれないといって、あまりつき合わなかったが、おれは、同じ東北の生まれなので、卒業後も、つき合っていた。昔でいえば、おれは、長岡藩の人間で、折戸は、会津藩の人間、明治維新の時、長岡藩と会津藩は、奥羽越列藩同盟を作って、新政府軍と戦ったんだ。こんなこと書くと、時代錯誤と、君は笑うかもしれないが、おれは、今でも、河井継之助を誇りに思っているし、折戸は白虎隊が自慢なんだよ。

折戸は、卒業後、東京の建設会社に就職し、東京の女性と結婚した。その間、なぜかほとんど、郷里の会津若松に帰らなかった。両親が、会津若松にいるのに。何か、複雑な理由があったのだろうと思っていたが、去年の二月に、奥さんが、交通事故で死ぬと、急に、会社を辞め、会津に帰ってしまった。この時の折戸の行動にも、深い理由があったのだろうが、おれには、わからなかった。わからないなりに、心配していたのだが、今日の夜、九時頃、突然、折戸から電話が入った。彼の話だと、やっと、会津の生活にも慣れ、それに、こちらで、素晴らしい女性に会い、再婚することにしたというんだ。その女性を紹介したいし、会津名物の郷土料理をご馳走したいともいうので、おれも、久しぶりに会津へいく気になった。おれの働いているK出版の雑誌で、今度、会津特集をやるので、その取材もかねて、三日間、いくことに決めた。この手紙を投函したあと、車で、会津へ向かうことにする。
追伸
折戸に、好きになったのは、どんな女性なんだときいたら、こんなことをいっていた。会津戦争の時は、白虎隊が有名だが、藩の女性たちも、女ばかりの隊をつくって、戦った。そのなかでも、家老の娘姉妹は、美人と評判で、白鉢巻きに、たすき掛け、なぎなたをふるって、新政府軍に突入した。その美しさに、新政府軍の兵士たちも、呆然と見ほれたといわれている。その女性たちに、似ているんだと、折戸がいった。おれは、ますます、会うのが、楽しみになってきたね。

三月五日深夜　　　　佐伯〉

十津川が、この手紙を受け取ったのは、三月七日だった。たぶん、佐伯は、五日の深夜、手紙を書き、翌六日、車で会津若松に向かったのだろう。手紙は、その途中で、投函したに違いない。
手紙のなかで、佐伯は、取材をかねて、三日間、会津若松にいってくると書いている。三月六日から八日までということだろう。当然、九日には、帰京したはずと思ったが、九日に、帰ったぞという連絡は、なかった。

十日、十一日とたっても、電話は、かかってこない。

十二日の午後、警視庁にいた十津川を、佐伯の妻の友里(ゆり)が、訪ねてきた。

友里は、落ち着きを失った顔で、

「佐伯が、帰ってこないんです」

と、十津川に、いった。

「私も、心配しているんです。三月九日には、会津若松から戻っているはずなのに、何の連絡もないので」

「やっぱり、十津川さんには、連絡してから、会津若松にいったんですね」

「ええ。三月七日に、手紙を受け取りました。いつも、電話かファックスの連絡なので、珍しいなと思っていたんです。会津から、友里さんに電話はなかったんですか?」

「ええ。いつもなら、うるさいくらいに、電話してくるのに、今回は、何の連絡もありませんでした」

「友里さんの方から、会津若松の佐伯に、電話はしなかったんですか?」

「したかったんですけど取材中の連絡はするなといわれていたのと、佐伯の泊まっているホテルがわからなくて」

「佐伯は、会津若松にいる折戸という友人に会いにいったんです。折戸の電話番号も、わかりませんでしたか?」

「ええ。わからなくて、連絡の取りようがなかったんです」

「いつもの佐伯らしくありませんね」

「十津川さんには、連絡先をいっているんじゃないかと思って、伺ったんですけど」

「実は、私も、会津若松の連絡先を知らないんですよ」

「十津川さんにも、連絡先を知らせてこなかったんですか？」

「そうです」

「佐伯に、何かあったんでしょうか？」

「そんなことは、考えたくないんですが」

十津川は、迷った末に、いった。

「私、捜索願を出すことにします」

友里が、いった。

「そうですね。出した方がいいでしょう。何もないとは思いますが」

と、十津川は、いった。

2

友里が、夫、佐伯隆太の捜索願を出したあとも、彼からの連絡はなかった。

三月十四日になって、恐れていた事態になった。

足立区の荒川の河川敷に、駐まっていた車のトランクから、佐伯隆太の死体が発見されたのである。

殺人と考えて、捜査一課の十津川たちが、現場に急行した。

車は、白のクラウン。ナンバーからみて、佐伯の車である。近くに住む人たちの話によると、この車は、三月九日から、現場に、駐まっていたという。ドアは、ロックされていたし、車内に人の姿がなかったので、誰も一一〇番しなかったのだという。

佐伯の死体は、トランクから出されて、河川敷に、横たえられた。

死因を調べていた検視官が、十津川を振り返って、

「被害者は、胸を強打されて、そのあと、首を絞められて殺されているね」

「死亡推定時刻は？」

「そうだね。死後、六日は、たっているね。くわしくは、司法解剖の結果だな」

「六日というと、三月九日か」

その日の午後七時頃から、車は、ここに放置されていたというのだから、殺され、トランクに押し込まれてすぐ、ここに置かれたのだろう。

十津川は、友里に電話した。確認してもらうためだし、彼女に、ききたいことも、あった。

友里は、タクシーで駆けつけた。彼女は、夫の死体を見て、呆然と立ちすくみ、次の瞬間、夫の身体の傍に、しゃがみこみ、しゃくりあげて、泣き始めた。

十津川は、彼女が、落ち着くのを待って、

「これは殺人です。何としてでも、犯人を逮捕したいので、協力して下さい」

と、いい、佐伯の所持品を、並べてから、

「何か、なくなっているものが、あったら教えて下さい」

財布（二十六万三千円）
キャッシュカード
ハンカチ
万年筆（ペリカン）
キーホルダー（車と家のキー）
腕時計（オメガ）
指輪（結婚指輪）
名刺（佐伯隆太のもの）十六枚
小さな布製のバッグ
着がえの下着

洗面具
会津若松周辺の地図
「どうですか？」

十津川が、きくと、友里は、

「携帯電話と、デジタルカメラが、なくなっていますわ」

「携帯のナンバーは？」

「〇九〇―五一九一―×××ですけど」

「もちろん、このナンバーに、かけてみられたんでしょうね？」

「ええ。でも、何回かけても、かかりませんでした。きっと、電源を切っていたんだと思います」

「佐伯が会津若松に出かけたあと、最初に、いつかけたんですか？」

「三月九日の夕方です。午後六時でした」

「三月六日から八日までの三日間、佐伯は、会津若松にいたはずですが、その間に、かけたことは、なかったんですか？」

「ええ。まえにもお話ししましたが、佐伯に、会津若松にいる間は、取材に歩き回ることになるので、電話はするなと、いわれていましたから」

と、友里は、いった。

「会津若松で会うといっていた折戸さんなら、何かわかると思うんですけど、何とかして、電話番号がわかりませんか？　すぐにでも、この折戸さんに電話したいんです」

「折戸が、事件について、何か知っているのは、間違いないと思うので、明日にでも、会津若松へいくつもりです。向こうで、折戸修平を捜します」

「私も――」

と、友里がいうのへ、十津川は、

「あなたは、折戸に会ったことはないでしょう。今は、佐伯の回向を頼みます。約束します。向こうで、折戸を見つけたら、誰よりも先に、あなたに連絡しますよ」

その約束のもとに、翌三月十五日、亀井刑事を連れて、会津若松に向かった。

新幹線で、まず、郡山までいく。

その車内で、亀井が、きく。

「殺された佐伯隆太という人は、どういう方なんですか？」

「私と同じ大学で、同じヨット部で、ヨットが転覆して、揃って死にかけたことがあるので、どうしても、身びいきで見てしまうんだがね。さっぱりした性格で、信用のおける男だから、卒業後も、ずっと、つき合っていたんだ」

「これから会いにいく折戸修平という人は、どうなんですか？」

「少なくとも、親友じゃなかったよ。私から見ると、謙虚さがなかったね。いい方を変えると、自分に頼むところが大きかったといえるかもしれないが、全員が集まって、何かやろうとすると、折戸が、自分の主張を貫こうとするので、合意が得られなくて、何も出来なくなってしまうんだ」

「会津の人間だからじゃありませんか？」

「会津の人間って、あんなに頑固なのかね？」

「ならぬものはならぬというのが、会津の昔の藩校の教えですから」

「ならぬものはならぬか」

「最後は、理屈じゃなくなるんです。それで、会津は、いつも損していますから」

と、亀井は、いった。

「そういえば、明治維新の時、会津は、薩摩、長州の新政府軍に、徹底的に憎まれて、叩かれ、最後は、不毛の地、青森県の斗南に追いやられたんだったね」

「よく、ご存じですね」

「会津へいくので、一夜漬けで覚えたんだよ」

「折戸修平の住所は、わかっているんですか？」

「いや、わからない。ただ、折戸の両親がやっていた日新町の店の住所は、わかっている。大学の書類に、折戸の本籍地が書かれてあったからね。十七年前のものだから、今も、その住所かどうかわからないが、引っ越していれば、住民票で追えるから」

十津川は、この時点で、かなり楽観していた。

郡山で、磐越西線に乗りかえ、会津若松に着いたのは、昼近かった。

満田屋という有名店で、田楽の盛り合わせを食べたあと、二人は、レンタカーをかりた。車で捜した方が、折戸修平を見つけるのは、効率的だと思ったからである。

「大学にあった住所は、会津若松市内の日新町になっていた。信遠寺という寺の近くらしい」

十津川が、手帖を見ていうと、亀井は、レンタカーのハンドルを握りながら、

「日新町というと、いやでも、昔の藩校、日新館を思い出しますね」

「例の、ならぬものはならぬの教えの藩校か？」

「日新館では、弱い者をいじめてはなりませぬとか、嘘言を言うてはなりませぬといった、最低限の倫理を教えていますが、最後は、ならぬものはならぬになるんです。そこが、私は好きですね」

日新町に着き、目印の信遠寺の周辺を、きいて回ったが、折戸修平は見つからなかったし、両親のやっている店も、見つからなかった。

両親のやっていた店「郷土料理・日新」のことを知っている人が見つかって、話をきくことが出来た。

その話によると、夫婦でやっていた「日新」は、二人の誠実さが受けて、繁盛していたが、二年前の四月に、ご主人が、病死し、そのあと、残された千加が、一人で、店をやっていた。

「やっぱり、女手だけでは、大変だったのか、去年の十二月の半ば頃、突然、引っ越してしまったんです」

と、同じ町内の人が、いう。

「引っ越し先は、わかりませんか？」

「それが、わからないんですよ。千加さんは、礼儀正しいし、しっかりした人だから、黙って越すなんて考えられないんですけどねえ。きっと、よほど辛い事情が、あったんでしょうね」

「去年、東京から、息子の修平さんが、帰ってきたと思うんですが、会ったことが、ありますか？」

「四十歳ぐらいの息子さんでしょう？　二度ほど見かけたことがありますけど、母親の千加さんと一緒には、住んでいなかったみたいですよ」

「息子さんのことは、わかりますか？　今、どこに住んでいるか」

「ぜんぜんわかりません。私なんかは、東京に帰ったと思っていたくらいですから」

十津川たちは、念のために、市役所にいき、折戸千加と、折戸修平の住民票を見せてもらった。しかし、二人とも、最後の住所は、日新町になっていて、その先は、わからなかった。

二人は、当惑した。

会津若松市は、東京に比べれば、はるかに狭いし、人口も少ない。

しかし、やみくもに、市内を走り回っても、簡単には、折戸修平は、見つからないだろう。

（どうしたら、いいのか？）

考えた末に、こちらの警察の力を借りることにした。会津若松警察署にいき、十津川たちはまず、署長に挨拶をした後、協力を、要請した。

署長が、紹介してくれたのは、生活安全課の小山という、初老の警部だった。

「この小山警部は、会津若松の生まれ育ちで、まあいってみれば、この町の生き字引のような人間ですから」

署長は、十津川に、いった。

十津川は、持参した何枚かの写真を、小山に見せた。

その写真は、殺された佐伯隆太の妻友里から預かってきたものだった。

佐伯が、友人の折戸修平と二人で撮った写真である。

「この写真の右側に、写っている男を捜しているんです。名前は折戸修平。私と三人が、同じ大学の、同窓生ですから、折戸修平も、今、四十歳のはずです。彼は、この会津若松の、生まれ育ちですが、東京の大学を出た後は、東京で就職し、一度も故郷の会津に、帰っていなかったのですが、去年、会社を辞め、故郷の会津に帰っていたのです。その折戸修平に会いに、私たちはきたのですが、折戸は、東京で昨日起きた殺人事件の、重要参考人なので、是非会って、話をききたいのですが、所在がわからないのですよ」

「所在が、まったくわからずに、会津若松にこられたわけではないでしょう?」

「この折戸修平には、母親がいて、日新町で郷土料理の店を、やっているということなので、そこに帰ったと思って、日新町にいってきました。ところが、そこには、もう折戸修平も、母親も、住んでいませんでした。移転先を知ろうと、住民票を調べてもらったのですが、引っ越しをしたのに、住民票を移していないので、移転先がわからずに、困っています。何しろ、会津若松は、初めてで、不案内なものですから」

「日新町ですか?」

「ええ。日新町の、信遠寺というお寺の近くらしいのですが」

「信遠寺ですか。そのお寺なら、知っていますよ」

小山警部が、微笑した。

十津川は、店の住所を書いて、小山に渡してから、

「今もいったように、この住所に住んでいたことは、わかっているのですが、その先が

わかりません。何とか、東京で起きた殺人事件のことを、この折戸修平にききたいのですよ」

「すぐに、わかるかどうか、自信がありませんが、とにかく捜してみましょう」

3

十津川と亀井は、ひとまず、市内のホテルに宿をとって、結果を待つことにした。

しかし、夜になっても、小山警部からは何の連絡もなかった。

翌日の夕方になって、やっと、小山警部から十津川の携帯に、電話がかかってきた。

午後六時少し前である。

「折戸修平の住所、わかりましたか?」

十津川が、きくと、

「それが、わかったというよりも、手がかりをつかんだというのが、正確なところかもしれません。とにかく、今から車で、そちらに迎えにいきます」

と、小山が、いった。

二十分ほどして、小山の運転する車が、ホテルまで迎えにきてくれた。

「とにかく、乗ってください」

と、いう。

しかし、小山は、折戸修平が、見つかったとは、いわなかった。

小山が、案内してくれたのは、飯盛山近くの丘陵地帯にある、清瀧寺という寺だった。

寺の下の通りに、車を駐め、先に立って、石段を登っていく。

「まさか、この寺に、折戸修平の墓があるなんて、いうんじゃないでしょうね？」

十津川は、並んで、石段を登りながら、小山に、きいた。

「いや、ここで、見つかったのは、折戸修平という人の、母親のお墓なんですよ」

「じゃあ、母親は、すでに、死んでいたんですか？」

「一カ月前に亡くなって、この寺に葬られています」

寺の住職が待っていて、三人を境内の墓地に案内した。

周囲は、まだほの明るい。

住職が案内してくれたのは、折戸家代々之墓と書かれた大きな墓石だった。

その立派な墓石の隣に、小さな可愛らしく真新しい墓があった。

女性の戒名が書かれ、二月十日没、六十五歳と彫ってあった。

十津川は、手を合わせた後、住職に、きいた。

「この可愛らしい墓を建てたのは、息子の折戸修平ですか？」

「ええ、そうです。息子さんが、この可愛らしい墓を建てました」

「じゃあ、彼が、この寺にきたのですね？」

十津川が、きくと、住職は、小さくかぶりを振って、

「いや、なぜか、息子さんは、ここには、お見えになりませんでした。ただ、現金を送ってこられたんですよ。それに、手紙が添えられてあって、折戸家代々之墓のそばに、小さい墓を、建てて欲しい。そう書いてありました。そこで、少しばかり、可愛らしい、お墓を建てたのですが、息子さんとは、そんなわけで、一度も、会っておらんのですよ」

「一度も、この寺には、きていないんですか？」

亀井が、呆れたような顔で、住職に、きいた。

「お会いしては、いないのです。一度、真新しい花が、供えられていたことが、ありましたから、ひょっとすると、息子さんが、あの日の朝早く、お墓参りに、きたのかもしれません」

住職が、いった。

住職が、本堂に戻っていった後、十津川は、小山に、

「折戸修平の情報をきかせてもらえませんか？」

「少しばかり寒くなりました。どうですか、暖かいところで、夕食を取りながらお話し

しませんか？」

　小山が、のんびりと、いった。

　小山が案内してくれたのは、東山温泉にいく途中の、郷土料理のわっぱ飯の店だった。

　昔、この地方のマタギが食べたという郷土料理である。わっぱのなかに、ご飯を入れ、その上に山や海の幸が盛られている。

　それを食べながら、小山が、話してくれた。

「十津川さんのいわれた、折戸修平という男ですが、正直、なかなか、見つかりませんでした。いや、正確にいえば、今もまだ、見つかっておりません。ただ、折戸という珍しい名前に記憶がありましてね。それは、折戸修平ではなくて、折戸千加という名前なんです。確か、二月十日に発見された死体が、その名前で、会津若松署で調べたことがあったのを、思い出したんですよ」

「警察が調べたということは、死因に不審な点があったからですか？」

　箸を動かしながら、十津川が、きく。

「市内に、天寧寺というお寺があるのですが、境内に、深い杉林がありましてね。近藤勇の墓があることで、有名なお寺なのですが、その林のなかで、六十代と思われる女性が、和服姿で正座して、喉を、短刀で突いて死んでいるのが、発見されたんですよ」

「それが、折戸修平の母親だったというわけですか？」

「そうです。血のついた短刀を右手に持って、死んでいました。膝が乱れないように、着物の上から、紐で揃えて縛ってあったので、覚悟の自殺と考えましたが、自殺に見せかけて、殺したという可能性も、ありましたから、会津若松署で、捜査がおこなわれました。結局、他殺だと、断定する証拠も見当たらず、覚悟の自殺ということになり、捜査は打ち切られ、清瀧寺に葬られたのです」

「膝を揃えて縛り、短刀で喉を突いて死んだのですか？　武士の妻の死に方みたいですね」

十津川が、いうと、小山は、うなずいて、

「そうです。当時の新聞が、立派な死に方だと書きましたから、たぶん、その記事を読んで、息子の折戸修平が、現金と手紙を送ってきた、それで、あの墓ができたわけです」

「さっきの、寺の住職は、お金と手紙は送ってきたが、折戸修平自身は、現れなかったと、いいましたが、折戸修平は母親が死んだとき、警察にも顔を出さなかったのですか？」

「ええ、そうです」

「できれば、折戸の母親が、亡くなった場所に、いってみたいのですが」

「では、明日、午前十時頃に、もう一度、お迎えにあがりますよ」

4

十津川と亀井は、その日も市内の同じホテルに泊まり、翌日、迎えにきてくれた小山の車で、天寧寺に向かった。

天寧寺は、会津若松市内の、丘陵地にある寺だった。

境内には、深い杉林があって、そこに大きくて立派な、近藤勇の墓があった。

「近藤勇は、新政府軍に捕まって、流山で斬首されたんじゃなかったですか？」

十津川が、いうと、小山警部は、

「殺されたのは、確かに流山でしたが、その後、土方歳三が、会津藩主の松平容保に嘆願して、会津に、墓を建ててもらったんですよ。幕末、会津藩は、京都の守りを命ぜられた。その時、新撰組も、会津藩の下で、京都の治安に、当たっていたから。土方歳三は、近藤勇の墓を、この会津に建ててもらったんじゃありませんか？」

小山は、近藤勇の墓のそばにそびえている、一本の、大きな杉の木の根元を指差して、

「ここで、折戸修平の母親、千加が死んでいたのです。昨日も申しあげたように、きちんと和服を着て、膝が乱れないように、紐で膝を縛り、短刀で、喉を突いて死んでいた

のです」

「会津若松署では、自殺と判断されたわけですね？」

「そうです。捜査をしましたが彼女には、殺されるような理由が、ありませんでした。それに、膝を紐で、きちんと縛ってありましたからね。殺すのに、そんな面倒なことはしないでしょう。それで、われわれは、覚悟の自殺だと断定しました」

「今でも、会津の女性は、そんな死に方をするのですか？」

「いや、会津の女性だからといって、十人が十人全部、そんな、覚悟の死に方をするとは限りません。でも、折戸千加という女には、どこかに、会津の生き方が残っていたんでしょうね。だから、あんな死に方をしたんだと、私は思っています」

「彼女の死を、新聞が取りあげたそうですが、どんな取りあげ方だったのですか？」

「古きよき、会津の女性らしい、立派な死に方だと、新聞各紙は、ほめていましたね」

「折戸千加は、会津藩の武家の出身だったのですか？」

亀井が、小山に、きいた。

「彼女の自殺を取りあげた新聞が、今の亀井さんのような、考えを持ったんでしょうね。亡くなった折戸千加の家系のことを、調べて書いていました。彼女の家系を調べていくと、間違いなく、会津藩の武士だったことがわかったそうです。会津藩が新政府軍と激闘を続けた時、若い侍たちが作った、白虎隊が有名ですが、武士の家に生まれた若い娘たちも、女性だけの隊を作って、攻め込んできた新政府軍と、戦っているんです。そのなかに折戸家の娘もいて、彼女たちは、鉢巻きを締め、なぎなたをふりあげて突進したそうです。その時、何人かが、新政府軍の銃弾に当たって、鶴ヶ城の表門で死んでいます。すさまじいのは、銃で撃たれて死んだ娘の遺体が、新政府軍に辱めを、受けてはいけないとほかの娘たちが、倒れた仲間の首を切って持ち、静かに、城内に退却したと伝えられています」

「激しい会津の女たちの気持ちが、亡くなった折戸千加にもれんめんと流れていたということですか？」

「新聞はすべて、そんな論調でした。私も、それを読んで、同じ会津の人間として、無性に誇らしい気持ちになりましたよ」

小山が、微笑した。

「会津の男性も、同じように、会津武士の気持ちをずっと、持ち続けているんでしょうか？　小山さんは、白虎隊が誇りですか？」

十津川が、きくと、小山は、

「改めて、自分のことを、考えたことはありませんが、今でも、白虎隊の隊士の墓などをお参りにいくと、会津に生まれたことが、誇りに思えてきますね」

「行方のわからない折戸修平は、どんな気持ちなんでしょうかね？　やはり、折戸も、小山さんと同じように、白虎隊のことを、誇りに思い、自分が、会津の人間であることを、折に触れて自覚しているんでしょうか？」

「さあ、どうでしょうか、それはわかりませんね」

「折戸は、母親が死んだのに、寺に現れず、警察にも、連絡していないところを見ると、強い会津の男とは反対に、何かから、逃げ回っているような気が、するんですがね」

十津川が、そんなことを、いった。

三人は、車のところまで戻ることにした。

「昔、会津藩には、日新館という藩の学校があったそうですね」

下に降りながら、亀井が、きいた。

「ええ、そうです。武士のための藩校があったんですよ」

「確か、教えが箇条書きになっていて、何々してはなりませぬというのを読んだことがあるんですが、私は、日新館の教えのなかで、いちばん好きな言葉があるんですよ」

亀井は、そういった後、

「『ならぬものはならぬ』のです」

と、抑揚をつけて、いった。

5

小山は、微笑して、

「亀井さんは、あの言葉が、お好きなんですか？」

「最近は、私自身、どうも相手の人間や世間というものに対して、闘うよりも、妥協してしまうことのほうが多くなっているような気がしましてね。そのほうが、気が楽ですからね。そんな時に、今の言葉『ならぬものはならぬ』という言葉を思い浮かべると、身が引き締まるような気がするんです。もちろん人生で妥協も必要ですが、妥協ができない時は、絶対に妥協しない。そういう気持ちをいつも持っていたい。少し生意気ですが、そんなことを、考えるんですよ」

亀井が、いうと、小山は、

「今の言葉、十津川さんは、どう思われますか？」

と、きいた。

「『ならぬものはならぬ』という言葉ですか？」

「実は私も、亀井さんと同じように、その言葉を時々、思い浮かべるようにしているんです。私も、もう、五十四歳ですから、問題にぶつかると、どこかで妥協をするような気分になってしまうんですよ。そんな時に、日新館の教えを思い浮かべますね。日新館が教えたのは、中国の朱子学ですから、教えの根本は、仁義礼智信ですが、最後には『ならぬものはならぬ』という激しい言葉が結論なわけですよ。つまり、新撰組だって白虎隊だって、この『ならぬものはならぬ』という精神で結成されて、新政府軍と戦ったわけです。あの頃の会津藩というのは、兵馬が強く、教育も行き届き、その強靱さは、幕府諸藩のなかでも随一といわれていたのです。そのために、逆に薩長を中心とする新政府軍には、徹底的に攻撃されましたけどね。会津藩の強さの秘密は、やはり『ならぬものはならぬ』という言葉に代表される精神じゃないでしょうかね？　相手のずるさや横暴さと向かい合った時、会津の人間は『ならぬものはならぬ』という精神で、相手と戦うことを選ぶんですよ。幕末の会津戦争もそうでした」

小山は、引き続き、折戸修平を捜すと、約束してくれた。

その後、十津川たちは、小山と別れたのだが、いぜんとして、どこを捜していいのか、十津川にも亀井にも、わからなかった。

折戸修平の顔は、十津川が覚えているし、写真は、亀井が持っている。

会津若松の市内を闇雲に歩き回って、運良く、折戸修平に出会えたら、拘束して、事情をきくこともできるだろう。

しかし、闇雲に歩いても、会えるという自信は、なかった。

今、折戸がどこにいるか、まったく見当がつかない。会津若松市内にいるかもしれないし、市の外に、出てしまっているかもしれないのだ。

「どうですか、警部、せっかくここまできたんですから、飯盛山に登ってみませんか?」

亀井が、突然いった。

二人は、バスで、飯盛山の麓までいき、そこから、石段を登っていった。

平日だったが、さすがに、白虎隊のファンは多いらしく、飯盛山には、かなりの人が出ていた。

白虎隊の二番隊、二十人は、飯盛山から炎に包まれた鶴ヶ城を見て、戦いに敗れたと思い込んで、飯盛山でお互いに喉を突いたりして死んでいったが、一人だけ助かって、白虎隊二番隊の最期を、人々に伝えたといわれている。

二人は、白虎隊士の墓に、参拝することにした。

飯盛山で自刃した白虎隊士の墓が、ズラリと並んでいる。

ひとつひとつ、墓石を見ていくと、その、どの墓にも、没年十六歳とか、あるいは十七歳と書かれている。

若いサムライたちである。

十津川も亀井も、その若さに感動した。忘れていた「健気(けなげ)」という言葉が浮かんでくる。

「折戸修平の母親が、会津藩の武士の子孫だとすると、当然、折戸修平も、会津藩士の子孫ということになってきますね。したがって、折戸の先祖も、あるいは、白虎隊士だったかもしれませんね」

亀井が、白虎隊士の墓を見ながら、十津川に、いった。

「確かに、考えられないことじゃないね」

「警部は、折戸修平と大学が同じだったんでしょう？　その頃の、折戸修平というのは、どんな学生だったんですか？　前にもおききしましたが」

「今、それを、ずっと考えていたんだがね。正直にいって、大学時代の折戸修平には、あまりいい印象を持っていないんだ」

「前にも、そういわれましたね」

「何というのかな。例えば、みんなで一緒に飲みにいって、お互いに夢を話すといったようなことが、あるじゃないか。特に若い頃には、そんなことが多いだろう。政治家になって、日本人の生活をもっとよくしたいとか、冒険家になって、世界中を歩いて回りたいとか、あるいは物理学者になって、ノーベル賞をもらいたいとか、まあ、子供っぽいかもしれないが、そんな夢を、みんなでワイワイ語り合うようなことがあるじゃないか？　そんな時、折戸は一人だけ、馬鹿にしたような眼で、友人たちを見ていたのさ」

「つまり、折戸という学生は、自分の夢を語らないということですか？」

「酔っ払った勢いで、話せよ、きかせろよと、しつこく、迫ったこともあったけどね。とうとう、折戸の奴(やつ)は一度も話さず、最後まで黙ったままだった。一人、超然としているとでもいったらいいのかな。自分の大きな夢を語ったって、ほかのみんなには、理解できるはずがない。そんな感じを受けたね。だから、大学時代に、彼は、親友とはいえなかったし、社会に出てからも、ほとんど会うこともなかったんだ。こうなってくると、折戸修平という男がなおさら、わからなくなってくる」

「殺された佐伯さんは、大学時代の警部の親友だったわけでしょう？」

「ああ、そうだよ。私と同じヨット部だったしね。社会に出てからも、よく会っていたんだ」

「その佐伯さんという人は、警部が、どうも親しめなかったという、折戸修平と、よくつき合っていたわけでしょう？」

「そうなんだよ。そこが、不思議だったんだがね。その佐伯が殺されてしまった」

「警部は、折戸修平という人が、佐伯さんを、殺したのではないかと、そんなふうに、疑っておられるんじゃありませんか？」

一瞬、十津川は、その亀井の言葉に、狼狽(ろうばい)した。

同窓の折戸修平が、犯人であって欲しくない。そう思いながらも、十津川は、心のどこかで、佐伯を殺したのは、折戸ではないのかという、疑いを持っていた。

佐伯は、折戸に会いにいくといって、会津に、出かけていったはずなのだ。この会津で三日間、折戸に会って友情を確かめ合いたい。それに、会津の風景もカメラに撮ってきたい。

そういっていた佐伯である。

その佐伯が、死体となって、発見されたのだ。

こう考えてくると、容疑者として、折戸修平の名前が浮かびあがってしまう。

「佐伯さんは、折戸修平に呼ばれて、会津にいく。そんなふうに、警部にいわれたんでしたね？」

「そうなんだよ。佐伯が珍しく、私に手紙を寄越してね。そのなかに、会津に帰った折戸修平が、こちらに遊びにこないか。再婚相手が、見つかったので、彼女を紹介したいといったようなことを連絡してきたので、会津の取材を兼ねて、三日間、いってくる。そう書いてあったんだ。ところが、三日以上たっても、佐伯は帰ってこない。それで、彼の奥さんが心配して、私のところに相談にきた。その直後に、佐伯が死体で発見されたんだ。明らかに、殺しだった。そうなると、いやでも、折戸修平の名前が、頭に浮かんでくる」

十津川は、そのあと、ずっと困惑していた。

「私でも、やはり、折戸修平という人を疑いますね。殺された佐伯さんが、会津にいって折戸修平に会ってくる。そういって、出かけていって殺された。誰だって、間違いなく、折戸修平を、疑いますよ」

「その折戸修平が見つからないんだ」

「折戸修平が犯人ならば、もうとっくに、会津若松からは、逃げ出しているんじゃありませんか？」

「ああ、そうだな。折戸が犯人なら、とっくに会津若松からは、逃げ出しているかもしれないな」

十津川は、おうむ返しに、いった。

「そうなると、見つけるのはなかなか大変ですよ。何しろ、時間がたっていますから、あるいは、海外に逃亡してしまっているかもしれません」

亀井は、そんなことまで、いった。

「カメさんのいうとおりだが、どういうわけだか、私は、まだ、折戸修平が、この会津若松にいるような気がして、仕方がないんだよ」

「どうしてですか？」

「折戸修平は、大学を卒業した後、東京でサラリーマンになったんだが、なぜか一度も、この会津若松には、帰っていなかった。それは、おそらく、何か理由があって帰らなかった」と思うのだが、奥さんが亡くなった後、突然、郷里のこの土地に帰った」

「それに、母親のお墓を、あの寺に、建てていますからね。小さいけど、なかなか、立派なお墓でしたよ。それに、住職の話では、一回だけですが、お花を持って、お参りにきていたそうじゃありませんか。つまり、それだけ母親を愛していたのか、それとも、この会津の町を愛していたのかは、わかりませんが」

「だから、私は、折戸修平は、今もこの会津若松のどこかにいるような気がして、仕方がないんだよ」

「もし、折戸修平が、この町に留まっているとしてですが、彼を見つけることは、かなり難しいかもしれませんね。会津若松という町は、東京に比べれば、ずいぶんと小さな町ですが、それでも、たくさんの人間が住んでいます。人間一人を、捜し出すのは、大変ですよ。居所もわからないし、今、何をしているかもわからないわけですから」

「そのとおりなんだよ。何か手掛かりが欲しいんだが、それがない」

「彼は、奥さんを亡くしていますよね？　佐伯さんには、電話で、再婚の相手が、見つかったといったわけでしょう？　それが本当だとすると、その点からも、この会津若松に、まだいるような気がしてきましたね」

「相手の女性の名前も住所も、何をしているのかも、何ひとつわからないんだ。それから、年齢もだよ」

「母親のような女性でしょうか？」

亀井が、立ち止まってきいた。

「林のなかで、膝を揃えて紐で縛って、短刀で喉を突き刺して死んだ、母親のような女性ということかね？」

十津川も、立ち止まった。

二人は、また歩き出し、近くに喫茶店を見つけて、なかに入った。

コーヒーを飲みながら話を続けた。

「男というのは、母親に似た女性を好きになる。よくそういわれるが、カメさんは、どう思うね？」

「そうですね。私の家内にしても、最初、死んだ母親には、まったく似ていないと、思っていたんですけどね。子供が生まれたその後ぐらいから、やっぱり、母親に似ていると思うようになりました。おそらく、無意識のうちに、母親に似た女性を、捜していたんじゃないかと思うのですが」

亀井が、少し照れたような顔で、十津川に、いった。

「私も、そうなのかな。改まって考えたことはないけれども、この歳(とし)になると、家内と一緒にいると、何となく、気持ちがホッとするんだよ。家内の考えていることも、わかるようになってきた。こうなってみると、知らず知らずのうちに、亡くなった母親に似た女性を、捜していたのかもしれないね。母親に似ているから、安心できるんだろうね」

「折戸修平も、同じような気持ちだったら、気丈な母親と、似た女性とつき合っているんじゃありませんか？」

亀井が、考えながら、いった。

十津川は、思い立って、携帯を取り出し、さっき別れた小山警部に、電話した。

「自殺した、折戸修平の母親のことですが、彼女の写真が、そちらにありますか？」

「殺人の可能性もあったので、捜査しましたから、その時に手に入れた写真が、何枚かありますよ」

「若い時の写真もありますか？」

「何歳ぐらいの時の、写真ですか？」

「死んだ時、確か、六十代だったわけでしょう？　できれば、三十歳から、四十歳にかけての写真があれば、ありがたいのですが」

「確か、若い時の写真も、手に入れていますから、とにかく、こちらに、きていただけますか？　ご用意しておきます」

小山が、そういった。

十津川は、亀井と二人、会津若松署に足を向けた。

小山は、折戸修平の母、折戸千加の写真を、数枚用意して、待っていてくれた。

「この写真は、私が、集めたものじゃありません。うちの捜査一課が、捜査中に集めた写真です」

と、小山が、いった。

二十代、三十代、四十代、そして、死亡時の六十代の写真が用意されていた。

十津川は、三十代と四十代の二枚の写真を借りることにした。

三十代は洋服、四十代は、和服の写真だった。

「この三十代と、四十代の写真ですが、この頃の折戸千加の評判とか、どんなエピソードがあるかとか、そういうことは、わかりませんか？」

十津川が、きくと、小山は、捜査一課が、捜査中にまとめた資料を、持ってきて、十津川に見せてくれた。

三十代の時の写真に添えられたコメントには、こう書かれてあった。

〈夫、折戸と結婚して、二年後に長男、修平を出産している。

夫婦で、小さな郷土料理店を、経営しており、働き者で通っていた。

普段は口数が少ないが、いざとなると、夫、折戸を立てて頑張る。そのため、あの郷土料理店は、奥さんで持っているようなものだとの評判が立ち、そのことに、彼女は

困っているフシがある。それで、私は、ただ主人の後からついていくだけというのが、口癖だった〉

四十代の和服姿の写真には、こんなコメントがついていた。

〈性格は穏やかで、和服姿がよく似合う女将さんだった。

長男の修平は、東京の大学で勉学中。

両親の当時の悩みは、東京の大学にいっている息子が、休みになっても、一向に帰ってこないことだった。そのことについて、夫の折戸は、何もいわなかった。

妻の千加は、そのことをきかれると、穏やかな口調で、息子の修平も、きっと一人前の男になったので、親に会うのが、恥ずかしいものだから、大学が休みになっても、こちらに帰ってこないのでしょう。そういっていた。

夫婦とも働き者なので、借金はない。そのことが自慢だと、千加は、いっている〉

十津川は、その二枚の写真を、亀井と二人でしばらく見ていた。

第二章　雪の会津若松

1

翌朝、目覚めて、何気なく、窓のカーテンを開けた十津川は、ビックリした。

昨日まで、東北地方も暖冬で、スキー場は、雪不足で、困っている。そんな話をきいていたのに、今、窓の外は、一面の、雪景色なのである。それも強い吹雪だった。

横なぐりに、雪が舞って、窓の外は、何も見えない。

起き出してきた亀井刑事に向かって、十津川は、

「カメさん、大雪だよ」

と、大声で、いった。

亀井は、十津川と並んで、窓の外に目をやったが、さすがに東北の生まれらしく、さほど、驚いた様子もなく、

「普通の年なら、このくらいの雪は、当たり前ですよ。四月に入ったって、このあたりは、雪が、たくさん降りますから」

と、いった。

八時になると、二人は、下の食堂にいって、朝食を取ったが、雪は、一向に、止む気配がない。そんな大雪のなかを、小山警部が、雪だらけになりながら、きてくれた。

「どうしても、十津川さんに、見ていただきたいものが見つかったもので」

と、小山が、いう。

折戸修平は、地元の小中高を卒業した後、東京の大学に、進学している。その中学校と高校時代に、書いた作文を、持ってきてくれたのである。

中学を、卒業する時の作文には、折戸修平は、次のように、書いていた。

〈私の父のこと　折戸修平

私の父は、会津藩士の魂を、自慢にしている人間で、そのせいか、私が幼い時、昔、日新館という藩校で、白虎隊の隊士たちが、教わったことを、そのまま、私に教え込もうとした。

一　年長者の言うことに背いてはなりませぬ。

二　年長者には御辞儀をしなければなりませぬ。
三　嘘言を言うてはなりませぬ。
四　卑怯な振舞をしてはなりませぬ。
五　弱い者をいじめてはなりませぬ。
六　戸外で物を食べてはなりませぬ。
そして最後には、ならぬものはならぬのですという、覚悟の言葉で、終わるのだった。

一から八までの日新館の教えの、七番目は、本当は、戸外で婦人と言葉を交わしてはなりませぬというのが、あるのだが、さすがに、七番目のその言葉は、父も、時代錯誤だと思ったのか、私に対する教えには、入れていなかった。

私は、白虎隊は好きだが、この父の教えは好きになれなかった。

また、父は、私に剣道を習わせようとしたが、私は、それにも逆らって、中学三年からサッカーをやっていた〉

これが、折戸修平が、中学三年の時に書いた「私の父のこと」と題する作文である。

それが、高校三年の時に書いた作文になると、かなり違った気持ちが、披瀝されていた。

〈白虎隊は、十五歳から、十七歳までの藩士で、結成された。私も、いつの間にか、その歳になってしまい、いやでも、白虎隊の生き方、あるいは、死に方を、意識するようになった。

会津戦争では、白虎隊ばかりが、やたらに有名になってしまったが、当時の会津藩のなかには、ほかにも、いくつかの隊があった。

五十歳以上が玄武隊、三十六歳から四十九歳までが青龍隊、十八歳から三十五歳までが朱雀隊、そして、十五歳から十七歳までが白虎隊である。

白虎隊の隊士のように生きたいと思っても、今は、会津戦争があるわけではない。

だから、白虎隊二番隊士と同じに、自刃する必要もないわけだが、気持ちとして、白虎隊のように生きたいのだ。

私は、時間があると、飯盛山通りにある、白虎隊記念館によくいくようになった。

記念館にいき、白虎隊の最後の光景を、描いた絵や、彼らが使った、鉄砲などを見ていると、気分が沈んでいる時でも、自然と、気持ちが高揚してくるのだ〉

「この高校三年の時に書いたという作文ですが、何となく、中途半端な気がするんですが――」

十津川が、いうと、小山警部は、うなずいて、

「そうでしょう。私も、十津川さんのように感じたので、当時の、折戸修平の友達で、この町に残っている友人の、何人かを捜し出して、いろいろと、話をきいてみたのですよ。そうすると、この高校三年の時の作文で、折戸修平は、本心を隠している。そう、思うようになりました」

「そのあたり、もっと詳しく話していただけませんか？」

「折戸修平は、中学の時の作文では、父に剣道部に、入るように薦められたが、それが、嫌で、サッカーをやるようになった。中学を卒業した後、彼は、県立高校に、入ったのですが、その時も、サッカー部に入部しています。それが、三年生になると、なぜか、突然、剣道部に移っているんですよ」

「父親を、安心させようとして、サッカー部から剣道部に移った。そういうことでしょうか？」

「そうじゃありません。何人かの高校時代の友人に、きいたところでは、彼が剣道をやるようになったのは、どうも女性が、絡んでいるようなのですよ」

「女性ですか？」

「ええ。折戸修平の初恋が、絡んでいるんじゃないかと思われるのです」

「その初恋の相手というのは、同じ高校の女生徒ですか？」

亀井が、きいた。

「会津若松の市内に、私立の高校が、ありましてね。その高校は、常に、女子の生徒のほうが、圧倒的に、人数が多いんですよ。それで、毎年八月二十三日、この日、公会堂で、白虎隊祭りをやるのですが、その祭りのなかで、この私立高校の女生徒が、白虎隊の隊士に扮しましてね、剣舞を、見せるんですよ。それが恒例になっているのですが、美少女が、男装して、白虎隊の隊士に扮し、刀を持って舞う。可愛らしいというか、妙に色っぽくて、人気があるのです。どうやら、折戸修平は、高校三年の時に、それを見にいって、白虎隊の隊士に扮した、女生徒の一人に、恋をしてしまったということらしいのですよ」

「その女生徒について、何かわかっていますか？」

「名前は、長瀬綾だと、友人たちは、いっています」

「その女生徒の、写真は、あるんですか？」

「まだ手に入っていませんが、どんな顔立ちの女生徒だったかは、簡単に、わかるんですよ。この雪が止んだら、白虎隊記念館に、いってみませんか？」

「そういえば、折戸修平は、高校の作文に、時間があれば、飯盛山通りの、白虎隊記念館に、よく、いくようになったと、書いていましたね」

「ところが、高校時代の友達に会ってきくと、彼は、白虎隊士が使った刀や、鉄砲などの遺品を見たり、白虎隊の資料を見るために、記念館にいっていたわけではないようなんです」

「高校三年の折戸修平は、いったい何を見に、白虎隊記念館に、通っていたんですか？」

「これから一緒に、記念館にいかれれば、自然と、わかりますよ」

思わせぶりに、小山が、いった。

2

昼近くなっても、雪は、一向に止む気配がなかった。

午後一時半を過ぎると、やっと、少し小降りになってきた。

十津川は亀井、小山警部と一緒に、白虎隊記念館に、いってみることにした。

スノータイヤのパトカーに乗って、十津川たちは、飯盛山通りにある、白虎隊記念館に向かった。

さすがに、雪国らしく、もう、町の至るところで、除雪作業が、始まっていた。

白虎隊記念館は、さほど、大きな建物ではなかった。なかに入ってみると、白虎隊士の自刃の絵や、白虎隊士が使っていた刀、あるいは、鉄砲など、かなりの数が、陳列されていた。

そのなかで、十津川が、興味を持ったのは、新政府軍が使っていた、当時としては、最新型の鉄砲と、白虎隊を含めた会津藩士が使っていた、旧式の鉄砲の差だった。

簡単にいってしまえば、武器の差が、新政府軍に勝利をもたらしたといえるだろう。

特に、新政府軍は、会津戦争で、新式の大砲を、使ったといわれている。その大砲の砲弾も、陳列されていた。

十津川は、館内を、見て回っているうちに、小山警部が、思わせぶりにいった理由が、わかってきた。

壁には、有名な白虎隊士自刃の絵が掛かっているのだが、それに、負けないくらいの大きさで、なぎなたを、構え、白鉢巻きをした若い女の隊士が、まなじりを決して、新政府軍に立ち向かっていく様子を、描いた絵が、掛かっていたのである。

会津戦争の時、白虎隊のような、正式な隊ではなかったが、若い娘たちが、二十人程度の隊を結成し、白鉢巻きに、なぎなたを構え、新政府軍と、戦ったといわれている。

なかでも、藩内最高の、美女姉妹といわれた、姉二十二歳、妹十六歳の姉妹が、娘子(じょうし)隊(たい)に参加し、新政府軍と戦った。姉のほうは、新政府軍の銃弾に倒れて戦死、妹のほうは、戦後、結婚したとある。

藩内最高の、美女姉妹と、いわれていただけに、姉妹の絵が描かれていて、それ以外にも人形まで飾られていた。

「問題の長瀬綾という女性は、こちらの姉妹のどちらに似ているのでしょうか？」

亀井が、人形を見ながら、小山にきいた。

「まだ、長瀬綾の顔写真が、手に入らないので、何ともいえませんが、姉妹は、二人とも、同じような顔をしていますから、どちらに似ていたとしても同じですね」

「姉のほうは、書が何点も、展示されていますね。書が得意だったのですか?」

十津川が、きくと、小山に代わって、記念館の館長が説明してくれた。

「この姉妹の父親は、会津藩主、松平公に仕えていた祐筆(ゆうひつ)でしてね。姉のほうは、書が得意で、父に代わって、藩主の手紙などを、代筆したことがあったそうですよ。ご覧のように、確かに、素晴らしい字を書くでしょう? 今風にいえば、文武両道に、秀でていたというのが、いいかもしれませんね」

大雪のせいか、記念館の館内には、十津川たちのほかには、誰も、いなかった。おかげで、ゆっくりと見ることができた。

館長が、続けて、説明してくれる。

「会津戦争の時の娘子隊については、白虎隊は、正式に会津藩が、作ったものですが、娘子隊は、正式なものでは、ありません。いってみれば、自然発生的に、生まれたものだったのではないかと、私は、思っています。会津藩は、新政府軍から、目の仇(かたき)にされて、降伏も、認められず、戦争になりました。このままでは、会津藩が、亡(ほろ)びてしまう。そんな危機感のなかで、彼女たちも藩のために戦いたい。その思いで、二十人ぐらいが娘子隊を作り、そして、新政府軍に立ち向かった。私は、そう考えています。この絵のように、白鉢巻きをし、たすきを掛け、なぎなたを振りかざして、新政府軍と戦ったといわれています」

「その戦いの様子は、どうだったんですか？」

と、十津川が、きいた。

「何しろ、娘子隊のほうは、なぎなたですからね。新政府軍は、鉄砲、それも最新式の鉄砲ですから、最初から勝負になるはずがありません。ただ、新政府軍の兵士の、証言によりますと、娘子隊がいっせいに、なぎなたを、振りかざして突進してきた時、二の腕の白さが、やたらに、目について、思わず、立ちすくんだといいますから、とにかく悲壮美の極地だったに違いないと、思いますね。この会津藩最高の美人姉妹といわれた、二人ですが、姉が、新政府軍の鉄砲に、撃たれて戦死してしまいました。その時、姉妹の母親は、姉が戦死したと知ると、新政府軍から、辱めを受けてはいけないと考え、母と妹で、姉の首を切り取り、それを持って、退却したといわれています。今では、ちょっと、想像できないような話ですがね」

確かに、娘子隊が描かれた大きな絵を見ると、白鉢巻きで、美しい横顔を、見せながら、なぎなたを、振りかざして突進している女性たちは、全員が、たすき掛けなので、二の腕が、むき出しになっていて美しい。それを見て、新政府軍の兵士が、一瞬、立ちすくんでしまったというのも、わからなくはなかった。

「姉は、戦死したといいますが、妹のほうは、その後どうしたのですか？　結婚したようにきいたんですが」

「この時、綾という名の妹は十六歳で、戦争が終わった後、商家に嫁いだといわれています」

十津川は、改めて、姉妹の絵と、人形を眺めた。

ここは、何といっても、白虎隊記念館である。それなのに、この姉妹だけは、絵に描かれたり、人形になって、飾られたりしている。それだけ、会津藩最高の美人といわれたこの姉妹は、人気があるということだろう。

折戸修平は、高校時代、私立の高校にいた長瀬綾という女生徒に、恋をしたと、いわれている。その長瀬綾に、なかなか会えなかったので、折戸修平は、彼女によく似た娘子隊の姉妹の絵と、人形が飾られている、この、白虎隊記念館に、たびたび足を、運んでいたという。

「名前も、同じ綾ですね」

亀井が、小声で、十津川に、いった。

「おそらく、顔も、よく似ていたんじゃないのかな」

「折戸が好きになった女生徒は、本当に、この人形と絵に、よく似ていたんでしょうか？」

　亀井が、確かめるように、きいた。

「もちろん、よく似ていたと思うよ。それに、長瀬綾という女生徒は、白虎隊祭りの時、白虎隊の隊士に、扮して白鉢巻きをし、剣舞を舞ったらしい。こちらの美人姉妹も、白鉢巻きをし、袴（はかま）をつけて、なぎなたを振るって、相手に、立ち向かっている。そんな雰囲気も、どこか、似ていたんじゃないかと思うね」

「だから、高校に入った折戸修平は、サッカー部を、途中で辞めて、剣道を習い始めた。これは明らかに、長瀬綾という女生徒の影響ですね」

「卒業した後、折戸は、東京に出て、私と同じ、大学に入った。その後東京で就職し、東京で結婚して、その間ほとんど、会津若松には、帰らなかったんだ」

「故郷の、会津若松には帰りたくない理由、あるいは、何か帰れない理由でも、あったんでしょうか？」

「私は、大学時代、折戸修平と、故郷の話は、ほとんどしなかった。彼が、会津若松の出身だということは、知っていたから、時には、白虎隊の話をしたんだが、なぜか彼は、私の話に、乗ってこなくてね。故郷に帰りたくないような、何らかの事情があったんだ」

「失恋でしょうか？」

「そうかも、しれないな」

「おそらく、高校最後の年に、何かあったんでしょうね。女生徒の、長瀬綾に失恋したのか、それとも、この記念館にある、美人姉妹に振られたのか、ぜひ知りたいですね」

「どうですか？　それが、わかる方法がありますか？」

十津川が、小山警部に、きいた。

「長瀬綾が卒業した、私立の高校に、いってみましょうか？　何かわかるかもしれませんよ」

記念館を出た三人は、小山警部運転のパトカーで、会津若松市の、郊外にある、私立の高校に向かった。

3

雪がまた降り始めた。

風が強いので、吹雪模様になり、運転していると、前方が、よく見えない。自然に、速度を落としての、運転になった。

それでも、運転している小山警部は、呑気だった。

「昨日まで、近くの、スキー場のオーナーが、これでは、春スキーができない、客もこないといって、嘆いていましたが、たぶん、これで一息ついていると、思いますよ。この天気が三日も、続けば、スキー場のゲレンデは、充分、春スキーが、楽しめるような状態になりますからね」

「今年は、暖冬だったでしょう？　それが、突然、こんな、猛吹雪になって、戸惑ったりはしないのですか？」

十津川が、きく。

「今年は暖冬だったのに、突然のこの、吹雪ですからね。少しは、戸惑うかもしれませんが、でも、こういうふうに、天気が急変するのには、ここの住民は、慣れていますから。北国では、こういうことはしょっちゅうですよ」

小山警部が、笑いながら、いう。

「カメさんは、東北の生まれだから、こんな天気には、慣れているんじゃないのか？」

十津川が、きくと、亀井は、笑って、

「ええ、慣れているはずなんですけどね。もう何年も、東京暮らしを、続けていますから、すっかり、東京に、慣れてしまっています。だから、私も、この天候には、ビックリしていますよ」

「こうした激しい気候が、ならぬものはならぬという、生き方というか、精神を、作りあげたのかもしれないな」

十津川は、独り言のように、いった。

言葉としては、ならぬものはならぬというのは、理解できるのだが、生き方としての、条件としては、納得できるとは、いい切れなかった。今まで、そういう生き方を、してこなかったからである。

一時間近く雪道を走ると、やっと、私立高校が見えてきた。

パトカーを降りて、校内に入っていくと、壁に、大きな文字が、書かれたポスターが貼ってあるのが、目についた。この高校の校則といったものだろう。
一　人を愛せよ。
二　信義を重んじよ。
三　情に深くあれ。
そして、最後は、
四　愛・信・情。これを守らなければならない。
ポスターには、そうあった。

三人は、五十歳前後に見える校長に会った。

「この高校は、日新館高校となっていますが、日新館というのは、会津藩の藩校から、取ったものですか？」

まず、十津川が、きいた。

校長は、微笑して、

「そのとおりです。初代の校長が、会津藩の藩校、日新館に、憧れていましてね。とにかく、現代の日新館を、作りたい。そういう想いから、日新館高校と名付けたのです」

「昨日、電話で、お話しをさせていただいた、私が小山ですが」

と、小山警部が、いった。

「その時、名前が出ました長瀬綾という生徒ですが、この高校を、卒業した後、どうなったか？　現在はどうしているのか？　それをおききしたいのですが」

校長は、すぐ、事務長を呼んでくれた。

事務長が持ってきたのは、今から、二十二年前の卒業生の、名簿や写真、卒業後の消息などを書いた、書類だった。

その年度の卒業生は、女子生徒五十人、男子生徒三十人と少ない。

「うちは、昔から、少数精鋭主義をモットーにしているんですよ。あまり生徒の数が多いと、教師の目が、届かなくなってしまいますからね」

横から、校長がいった。

その五十人の女子生徒のなかに、もちろん、長瀬綾の名前も、写真もあった。

確かに、美少女である。

細面(ほそおもて)で、どこか、あの記念館で見た人形に似て、きりっとした、顔立ちだった。

「市の公会堂で、この長瀬綾と、ほかの生徒が、白虎隊士に扮して、剣舞を披露したときいているのですが、その時の写真か、あるいは、ビデオテープのようなものは、ありませんか?」

十津川が、きくと、事務長が、

「ビデオテープは、ありませんが、写真ならあります」

そういって、一枚の写真を見せてくれた。

今度は、若き美剣士だった。

「この長瀬綾ですが、卒業後、どこかの大学に、進んだのですか?」

十津川が、きくと、事務長は、

「大学には、いきませんでした。ここを卒業すると、すぐに、結婚していますから」

「でも、十七歳か、十八歳でしょう? それで結婚ですか?」

「ええ、十七歳でここを卒業し、十八歳で、結婚したことになりますね」

「どういう相手と結婚したのですか?」

「長瀬綾の家は、元々、会津藩の家老の家でしてね。いわば、旧家の娘なんです。いいなずけのようなものがいて、そのいいなずけの男のほうも、旧家の出身でしてね。子供の時から二人は知り合っていて、親同士が、将来は、二人を結婚させよう。そう考えていたようです。そんなこともあって、スムーズにすすんだようで大変豪華な結婚式でしたよ」

「この会津若松では、今でも、そんな家同士の結婚というのが、あるのですか？」

「いや、そう、決めつけていただいては、困るのですがね。家同士といっても、子供同士は、小さい頃から、つき合っているので、気心が知れているし、お互いに、将来、この人と結婚することになるんだなと、そう考えていたようですから、別に、古めかしい、結婚というわけではないのですよ」

と、事務長が、いった。

「それで、今、長瀬綾さんは、どうしているんですか？」

小山警部が、きくと、事務長は、

「現在は、福島県の、いわき市に住んでいるようですね。そこの、海産物問屋の社長をしているご主人と、子供が二人いて、幸福に、暮らしていると、きいています」

「確認したいのですが、長瀬綾という女生徒は、高校時代からすでに、いいなずけがいて旧家のところに、嫁入りすると決まっていたのですか？」

「ええ、そういうことになりますね。しかし、別に嫌で、結婚したのではなくて、本人も、喜んで結婚していますから」

事務長が繰り返した。

「長瀬綾さんに、兄弟は、いませんか？　それに、ご両親は、今、どうしているのですか？」

十津川が、きいた。

「ご両親は、健在で、この会津若松市内に、住んでいらっしゃいます。彼女は、長女なんですが、下に弟がいて、この弟さんは、現在、アメリカで、暮らしています。それから、歳の離れた妹さんがいるのですが、その妹さんも、この学校の、卒業生です」

「その妹さんは、今、どうしていますか？」

「そうですね。ここに、書いてあるところによると、その妹さんは、長瀬綾よりも八歳年下で、現在三十二歳。確か、一度結婚しましたが、すぐに、死別してしまい、現在、一人だと、きいたことがあります。しかし、詳しいことは、わからないのですよ。できれば、そちらで、調べていただけませんか？」

事務長は小さく肩をすくめた。

名前は、長瀬奈緒。事務長は、彼女が卒業した時の、卒業名簿や写真も、探して見せてくれた。

十津川たちは、両親の住所をきいて、日新館高校を後にした。

4

相変わらず、雪は、降り続いている。雪に車輪を、取られて立ち往生しているのは、たいてい、この会津若松に、観光にきている、他県ナンバーの、乗用車だった。

昨日まで、暖冬だったので、チェーンなど用意して、こなかったのだろう。

日新館高校の事務長が、教えてくれたのは、会津若松駅近くの、ホテルだった。

長瀬綾の両親は、このホテルのなかに、店を持ち、会津名物の、会津塗りの雑貨などを、売っているのだという。

その店は、ホテルの一階にあった。かなり大きな店である。この店も、大雪のせいか、客の姿は少なかった。

店の奥のほうに、六十歳ぐらいと、思われる小柄な女性が、座っていた。彼女が、おそらく、長瀬姉妹の母親なのだろう。

父親のほうは、営業にでも出ているのだろうか、店のなかには、それらしい人物は、見当たらなかった。

十津川たちが、警察手帳を見せると、彼女は、ビックリしたような顔になって、

「何か、ありましたでしょうか？」

と、きく。

十津川は、小さく手を振って、

「いや、何もありませんが、ただ、私たちは、長瀬綾さんと妹の奈緒さんのことをおききしたいだけなんですよ。お母様ですね？」

「はい」

女は、短く、答える。

「長女の長瀬綾さんは、現在、いわき市にお住まいだとおききしたのですが、間違いありませんか？」

「ええ、そのとおりですけど」

「今、綾さんが卒業した日新館高校にいって、校長先生におききしたのですが、幼い時から、すでに結婚する相手が決まっていた。そうきいたのですが、それは、本当ですか？」

「はい、決まっておりました。昔からよく知っている、お得意様の旧家のところに、高校を卒業したら、お嫁にいく。そういうことになっていて、そのとおりになりました」

「綾さんは、大変な美人だから、いいなずけのことを知らない男性から、ずいぶん、アタックされたんじゃありませんか？　綾さんに、いいなずけがいて、その人と結婚するとなった時は、失恋した男が、何人もいたと、思いますが」

「ええ。ずいぶん、たくさん、ラブレターが、きていました。綾が悩むと思ったので、途中から、私が、黙って、焼却していましたけど」

「しかし、ラブレターを出した男は、返事がないので、怒っていたんじゃありませんか？」

「でも、綾に渡したら、彼女、生真面目なところがありますから、いちいち返事を出したりして、悩むと思いましたから」

「特に熱心に、手紙を書いてきたり、電話してきた男はいましたか？」

十津川が、きくと、母親は、最初は、その男の人のプライバシーに関わることなのでと、答えてくれなかったが、事件に関係することだというと、やっと、重い口を開いて、

「折戸さんという方でした。高校三年の頃から、熱心に、綾に、手紙を書いて下さっていたのですけど」

「何か困ったことでも？」

「最初のうちは、綾を賛美する手紙を、いただいて、同じ高校生ということで、お礼の手紙を、綾自身が、書いていたのですけど、そのうちに、自分と、綾さんは、結ばれる運命にあるみたいなことを書いてくるし、綾さんに会えないときは、白虎隊記念館にい

って、あなたによく似た人形と、会話することにしているということまで書いてきて、私も綾も、気持ちが悪くなって、少し早目に、綾の結婚のことを、発表してしまったんです」

「その時の、彼の反応は、どうでした？」

「実は、怖かったので、綾は、卒業と同時に、外国にいかせ、帰国したところで、結婚式をあげてしまったんです。折戸さんが、その間、どうしていらっしゃったか、考えないことにしておりました」

いい終わって、母親は、小さく、溜息をついた。

これで、折戸の行動の理由が、わかったと、十津川は、思いながら、

「次女の奈緒さんは、綾さんと八つ歳がはなれているときいたのですが、それも間違いありませんか？」

「はい」

「その奈緒さんは、現在、どこに、お住まいで、何を、なさっているのか、できたら、教えていただきたいのですが」

遠慮がちに、亀井が、いった。

「奈緒は、現在、会津若松市内で、一人で住んでおります。仕事は、市長さんの秘書を、しているはずですけど、詳しいことは、私にも、わかりません」

「奈緒さんは、現在、独身でいらっしゃいましたね？」

「はい。二十代の時に、一度結婚をしたんですけど、すぐに、夫が病死してしまいましてね。それ以来ずっと、奈緒は、一人で生活しています。奈緒に、何かあったんでしょうか？」

心配そうに、母親が、きいた。

「いや、何もありませんから、ご安心ください。ただ、奈緒さんにお会いして、おききしたいことがありましてね。それと、奈緒さんの写真がありましたら、お借りしたいのです」

と、十津川が、いった。

「確か、何枚かあったと思いますから、探してまいりましょう。少々お待ちくださ い」

母親は、丁寧にそういって、奥に消えると、しばらくして、一冊のアルバムを、持って戻ってきた。

そのアルバムを見ていくと、問題の長瀬奈緒の高校時代の、写真もあれば、最近、両親と一緒に撮った、写真もあった。

もうひとつ、十津川の目に留まったのは、彼女が、姉と同じように、市の公会堂で、白虎隊の隊士に扮して、剣舞を舞っている写真だった。

「この写真、よく似ていますね」

思わず、十津川が、いうと、母親は、微笑して、

「それは、姉妹ですから」

「確かに、お姉さんの綾さんも、高校時代、同じように、白虎隊の隊士に扮して舞っていますが、私がいったのは、白虎隊記念館に飾ってある、娘子隊の人形と、絵のことなんです」

十津川が、いうと、母親は、うなずいて、

「ああ、あの記念館の。綾も奈緒も、二十代の頃は、よく、似ているといわれていました。あの会津戦争の時に、戦った娘子隊の姉妹によく似ているって」

「これが、いちばん最近の写真ですか？」

小山警部が、一枚の写真を指差して、きいた。

母親が、うなずく。

「ええ、今年の、お正月に、一緒に撮りました。ちょうど綾も帰ってきていたので、二人で撮った写真もありますよ」

なるほど、姉妹二人だけで、撮った写真もあったが、綾のほうは、すでに、四十歳。それに、子供も二人いるせいか、高校時代の面影は、なくなっていた。

それに比べて、三十二歳の、独身の長瀬奈緒のほうは、若々しく美しい。

「この奈緒さんは、お母さんから、ご覧になって、どんな性格の娘さんですか？」

「そうですね」

と、母親は、少しの間、考えていたが、

「素直で、いい子なんですけど、少し男勝りなところが、ありましてね。主人は、それが、あの子の、いいところだというのですが、私は、もう少し、女らしくなって欲しいと、思っているんですけど」

「三十二歳なら、まだ、若いじゃありませんか？　再婚をする気は、奈緒さんには、ないんですか？」

亀井が、きいてみた。

「私には、わかりません。あの子は、独身生活を、楽しんでいるようなところが、ありましてね。母親としては、誰かいい人がいれば、再婚してもらいたいんですけど」

母親は、少しだけ、笑った。

「この奈緒さんの写真を、何枚か、お借りしたいんですが」

小山警部が、いうと、母親は、自分で、何枚かの写真をアルバムから剝がし、

「どうぞ、お持ちになってください」

と、いった。

5

三人は、長瀬奈緒の写真を借りて、十津川たちが、泊まっているホテルに戻った。ロビーでコーヒーを飲みながら、三人の刑事は、話し合った。話の中心は、もちろん、折戸修平のことである。

テーブルの上には、借りてきた、五枚の長瀬奈緒の写真が、置いてある。

「折戸修平が、今、どこで、何をしているのか、わかりませんか？」

小山警部が、きく。

「勝手に、想像するしかないのですが」

と、十津川は、断ってから、

「ここにきて、彼が、去年、郷里の会津若松に帰ってきた後、この長瀬奈緒に、会ったかどうか、それが問題になりそうですね」

「二人が会っている可能性は、大いにあると思いますよ」

と、小山警部が、いった。

「どうして、そう思われるのですか？」

「母親の話によると、長瀬奈緒は、現在、市長の秘書を、やっているそうじゃないですか？　その市長ですが、観光客誘致に、とにかく、熱心でしてね。やたらと、出歩くことでも有名なんです。会津塗りの工場を見にいったり、猪苗代湖で、自分から、貸しボートに乗ってみたり、野口英世の家や、昔、皇族が、別荘として使っていた天鏡閣という建物があるのですが、そこにも、よく出かけていって、観光客を歓迎していますよ。その市長と、秘書の長瀬奈緒は、行動を共にしているはずですから、去年、郷里に帰ってきた折戸修平と、長瀬奈緒が出会う確率は、かなり、大きいはずだと、考えているんです」

「なるほど。もし、出会っているとすると、折戸修平は、彼女を見て、どう思ったでしょうかね？」

　亀井が、考えながら、いった。

「そうだな。高校時代の、長瀬綾のことを思い出すかもしれないし、白虎隊記念館の、あの美人姉妹の絵や、人形のことを、思い出すかもしれないな。どちらにしても、折戸修平は、二十数年前の光景が、突然、蘇ってきたような気分になるんじゃないだろうか？　それくらい、この写真を見る限りでは、長瀬奈緒は、姉の綾によく似ているし、白虎隊記念館の絵や人形の美人姉妹とも、似ているからね」

　東京で殺されていた佐伯隆太が、会津若松にいく寸前に、十津川に出した手紙のことを思い出した。

〈去年、故郷の、会津若松に帰った折戸修平から、会津若松に、遊びにこないかと誘われた。

その上、故郷のほうで、再婚相手が、見つかったと、折戸がいうので、三日間だけだが、会津若松にいって、折戸修平に、会ってくる。

その結果については、帰ってからゆっくり報告するよ〉

といったことが、書いてあったのである。

あの手紙に、本当のことしか、書かれていなかったとすれば、折戸修平は、去年、故郷の会津若松に帰って、誰か好きな女性を、見つけたことになる。その女性が、果たして、この五枚の写真に写っている、長瀬奈緒かどうかは、わからないが、彼女である可能性は、大いにあるのだ。

ただ、それがどうして、佐伯隆太が殺されることになってしまうのか？

十津川にも、亀井にも、そこが、わからなかった。

「東京で殺されていた、友人の佐伯隆太ですが、三月六日から、八日までの三日間、会津若松に、いくといっていたんです。帰ってきたらすぐ、折戸修平のことを、報告するともいっていたのですが、それがないままに、三月十四日になって、東京で、死体となって発見されました。この三月六日から十四日までの間に、この会津若松で、何か事件は、起きていませんか？」

十津川は、改めて、小山警部に、きいてみた。

「私は、生活安全課の人間ですから、十津川さんが、期待をするような、殺人や傷害などの事件については、わかりません。ですから、そちらを、担当している者に、きいてみましょう」

小山は、そういって、携帯電話を取り出すと、県警の、捜査一課に、電話をしてくれた。

小山は、電話の相手と、しばらく話をしていたが、電話を切ると、

「今、十津川さんのいわれた、三月六日から十四日までの九日間ですが、殺人事件が二件、傷害事件が三件、交通事故が、これも、三件となっています。そのなかに、折戸修平の名前は、ないそうです」

「そうですか」

「今、答えてくれたのは、県警本部の、捜査一課にいる田中という警部で、私の友人でもあります。こちらに、きてもらいますか？」

「こんな雪だからこそ、私のほうから伺いますよ。ただ、この大雪ですから、申しわけありませんが、県警本部まで、送ってくれませんか？」

6

小山警部のパトカーで、県警本部まで、十津川と亀井は、送ってもらった。

そこで、捜査一課の、田中という警部に会った。

田中は、笑顔で、

「今さっき、小山警部から、電話をもらいました。何でも、三月六日から十四日までの間に、この会津若松で起きた、事件について、おききになりたいそうですね?」

「そうなんですよ。その間に、殺人事件二件、傷害事件三件、交通事故も、三件ということでしたが、その詳しい内容を、教えていただけませんか? 私の友人で、佐伯隆太という男が、いるのですが、会津若松に住んでいる友人に電話で誘われて、三月六日に、こちらにきているはずなんですよ。ところが、十四日になって、東京で、死体となって、発見されました。殺されているんです。私たちが、この殺人事件の捜査を、担当しているのですが、カギとなるのが、この佐伯隆太が会津若松にいる時、何かあったのではないかということなんですよ。私は、何かあったに、違いないと考えています。それで、おききしているのです」

「わかりました」

田中は、そういうと、殺人事件二件、傷害事件三件、それから、交通事故三件の、調書を取り出して、十津川たちに、見せてくれた。

「交通事故の三件は、交通係から調書を借りてきています」

と、断ってから、田中は、まず、殺人事件についての、二件の調書を見せ、詳しく、説明してくれた。

「一件は、三月七日に、起きています。殺されたのは、JR会津若松駅近くにある、クラブの経営者で、名前は、鈴木優子、三十五歳です。死体で発見されたのですが、犯人は、すぐに、逮捕されました。この店の常連客で、四十歳の、木村克己という男です。二つ目の事件は、十日の夜に、火事で日本家屋が、焼けたのですが、焼け跡から、この家の主婦、井上聡子、四十五歳と、息子の進、二十二歳が、焼死体で発見されました。犯人は、夫の孝政で、息子が、一向に働きに出ない。それで、絶えず、口論となっていたのですが、十日の夜もまた、口論となり、カッとなった父親の孝政が、バットで、殴って息子を殺し、止めようとした妻の聡子も殺して、火をつけて逃亡しましたが、二日後の十二日に、孝政が自首してきました。傷害事件三件のほうですが、いずれも被害者は、現在も、病院に入院中です。加害者のほうは、全員逮捕して、留置してあります。氏名などは、その調書を見ていただきたい」

田中は、続けて、

「最後は、交通事故、三件ですが、先ほども申しあげましたが、この三件の調書は、交通係から、借りてきました」

「恐れ入ります」

「それでまず、第一の事故ですが、これは三月九日に、家庭の主婦が、運転を誤って、列を作って、登校している小学生のなかに、突っ込んでしまい、二人の小学生が、負傷しましたが、いずれも軽傷でした。第二の事故は、三月十日の、午後四時頃、東京と、この会津若松の間を、往復している運送会社の二十五歳の運転手が、疲労から、居眠り運転をしてしまい、青信号で、横断歩道を渡っていた、六十歳の会津若松在住の、女性をはねて、死なせてしまっています。この運転手も、すでに、逮捕されています。第三の事故は、三月十一日の夜に、起きました。これは、典型的な飲酒運転で、三十歳の、男の運転手が、酒を飲んで車を運転して、軽自動車に追突。軽自動車を、運転していた斉藤正雄という五十歳の男性が即死、助手席に乗っていた妻の陽子も、重傷を負って、彼女のほうは、現在、入院中です。これも、加害者は、すでに、逮捕しています」

「その加害者、被害者のなかに、折戸修平という名前は、ありませんか？」

十津川が、きくと、田中警部は、

「折戸修平という名前は、見当たりませんね。折戸修平というのは、いったい、何者なんですか？」

逆に、十津川に、質問してきた。

「東京で殺されていた佐伯隆太という男の友人なんです。この折戸修平に誘われて、佐伯は、会津若松に、きたと思われるのです。われわれは、折戸修平に話をきくつもりですが、まだ見つかっていません」

7

十津川と亀井は、失望して、ホテルに、戻った。

三月六日から、十四日の間に、会津若松で起きた事件、その事件のなかに残念ながら折戸修平の名前はなかった。

「これからどうしますか？　東京に帰りますか？」

亀井が、性急に、きく。

「さっき、天気予報をきいたら、あと三日間、断続的に、雪が降り続くらしい。その間、私は、この会津若松に、いようと思っているんだ」

「しかし、こんな大雪だと、自由に走り回れませんよ」

「それは、わかっている。しかし、この会津若松に、折戸修平がいるとすれば、彼だって、そう簡単には、動き回れないんじゃないのかね？　それが、私の希望なんだ」

8

翌日も予報どおり、朝から、雪が舞っていた。昨日と同じような、吹雪である。

気温もどんどん下がっているらしく、十津川にとっては、懐かしい、つららが、家々の軒先から、下がっているのを、見ることができた。

こんな大雪のなかでも、小山警部は、平気な顔で、車を運転して、十津川に、会いにきてくれた。

「捜査一課のところでも、収穫がなかったようですね」

ロビーでコーヒーを飲みながら、小山が、いった。

「そうなんですよ。佐伯隆太が、会津若松にいた間に、殺人事件が、二件、傷害事件が三件、交通事故が、三件あったというのですが、どのケースにも、佐伯隆太の名前も、折戸修平の名前も、なかったんです」

「そうですか。それは残念でしたね」

と、いってから、小山は、急にニッコリして、

「ひとつ、ちょっと、面白い情報を仕入れてきましたよ」

「どんな情報ですか？」

「これは、あくまでも、噂で、確証はないんです。会津若松の市長が、一月七日に、事故を起こしたんじゃないかという噂が、あるんですよ」

「今年の一月七日にですか？」

「ええ、この日は、市庁舎で、新年の賀詞交歓会が、ありましてね。各界の名士が集まって、市長や助役と、名刺を交換するのですが、その席で、市長さんが、少しばかり、飲みすぎて酔っ払ってしまった。そして、自宅に帰る途中、市長さんが、乗っていた車が事故を起こした。それを、みんなで、隠しているという、そういう、噂なんですよ」

「その話は、どの程度、信用できるんですか？　今、小山さんは、噂に過ぎないといわれましたが」

「今のところ、あくまでも、噂でしてね。しかし、この事故には、目撃者がいて、口止めされているのに、誰かに、話したというようなことらしいのです」

「もし、市長の車が、事故を起こしたとすると、当然、秘書の、長瀬奈緒も、その車に、乗っていたことになりますね？」

急に、声をひそめて、亀井が、いった。

「そうですね。秘書の、長瀬奈緒も、同じ車に、乗っていたと思いますよ」

「是非、その噂が、本当かどうかを、知りたいですね。何としてでも、知りたいですよ」

十津川が、力を込めて、いった。

一月七日に、市長の車が、事故を起こしたといっても、市長本人が、運転していたとは思えない。公用車だと思われるから、運転手が、ついているはずである。

十津川には、その車に、長瀬奈緒が乗っていたということ、そのほうが、大事なのだ。

もし、その時、市長の車に、はねられた人物がいて、その人物が、折戸修平ならば、折戸修平が、長瀬奈緒と、知り合えるチャンスだったと、いうことになってくる。

十津川は、何としてでも、そのことを知りたかった。

この噂が、本当かどうか、小山警部は、いろいろと、きき込みをやってくれていたが、なかなか、答えは見つからないようだった。

翌日も、大雪のなかを、小山警部は、ホテルにきてくれて、十津川、亀井と、一緒に夕食を食べながら、

「どうも申しわけありませんが、この噂が事実なのかどうか、なかなか、わからないのですよ。しかし、私自身は、これは、単なる噂ではないと、そう思っています」

「小山さんは、どうして、そう、思われるのですか？」

亀井が、きくと、小山は、

「今日も、何となく、市庁舎にいってみたのですよ。そうしたら、明らかに、箝口令（かんこうれい）が、敷かれていますね。私は、職員に、一月七日の賀詞交歓会のことを、きいてみたのです

が、どの職員も、賀詞交歓会のことは、はっきりと、話してくれるのですが、その後、市長がどうしたかと、いうことになると、口裏を、合わせているかのように、知りません、知りませんの一点張りでしてね。これは、明らかに、箝口令が敷かれているんですよ。そうだとすれば、単なる噂ではないと思わざるを得ないじゃありませんか？」

第三章　理想の女性像

1

翌三月二十一日も、朝から雪であった。幸い、風が止んだので、目も開けられないような、吹雪では、なくなった。

それでも白一色の景色になった街に出て、十津川と亀井は、市役所を、訪ねることにした。

市役所の応接室で、十津川と亀井が待っていると、七、八分ほどして、小島市長の秘書、長瀬奈緒が、入ってきた。

「大変申しわけありませんが、ただ今、市長は急用が、できまして、お会いすることが、できません。よろしく、お伝えくださいということでした」

長瀬奈緒が、申しわけなさそうに、いう。

十津川は、微笑して、

「今日、私たちは、市長さんに、会いにきたのでは、ないんですよ。長瀬さん、あなたに、会いにきたんです」

「この私に、いったい、何のご用でしょう？」

「私たちは、東京の刑事ですが、この会津若松に、一人の男を、捜しにきています。その男の名前は、折戸修平というのですが、あなたは、その男のことを、ご存じありませんか？」

十津川が、きいた。

その言葉に、合わせて、亀井が、折戸修平の顔写真を、奈緒に見せる。

「折戸修平さんですか？」

と、奈緒は、おうむ返しにいった後、

「そういうお名前の方は、私、存じませんけれど」

「この写真を、よく、見てくださいませんか？　年齢は四十歳、身長百七十三センチくらい、少し痩せ型の、男なんですが、会ったことは、ありませんか？」

「ええ、残念ながら、ありません」

と、奈緒が、答える。

「今年の一月七日、確か、賀詞交歓会がありましたね？」

十津川が、急に、話題を変えて、きいた。

奈緒は、一瞬、エッという顔になってから、

「はい、毎年一月七日に、賀詞交歓会を、おこないますけど」

「その会には、小島市長も、出席されましたよね？」

「ええ、もちろん。市長の大事な、仕事のひとつですから」

「秘書のあなたも、その席にいて、市長の車で、一緒に帰ったんじゃありませんか？」

「はい、確かに、市長さんに、送っていただきました」

「その時、車を運転していたのは、専属の運転手さんですね？」

「はい、そうです」

「賀詞交歓会の、会場を出て、小島市長の車で、自宅に帰ったのは、何時頃ですか？」

「確か、午後六時は回っていたと、思いますけど、それが、東京の警察の方と、どんな関係があるんでしょうか？　もし、私や市長が、何か事件に、絡んでいるのだとしたら、東京の刑事さんではなくて、この会津若松の刑事さんが、ききにいらっしゃるんじゃありませんか？」

奈緒は、真面目な表情で、きく。

十津川は、その端整な顔立ちに、やはり、白虎隊記念館で見た、姉妹の凜々(りり)しい姿を思い出していた。

「確かに、あなたの、おっしゃるとおりです。私たちも、会津若松署の小山警部と、昨日、話し合いを、持ちました。小山警部も、私たち警視庁が、今、捜査をしている、三月十四日の殺人事件、その捜査に協力するといってくださいました。それで、今日、こうして、ここに、伺っているんです。さっきいいました、折戸修平という男が、東京の殺人事件に、何らかの関係をしている、そう思われるからです。いや、彼が犯人というわけでは、ありません。彼に会って、話をききたいと、思っているだけなのですが、一月七日の夜、小島市長の車が、交通事故を起こしたという噂を、きいたものですから、こうして、伺っているのです。市長の車に、はねられた男がいて、その男が、今いった折戸修平なのではないか？　もし、そうなら、あなたから、いろいろと、話がきけるのではないかと思って、伺ったのですが、やはり、この折戸修平を、ご存じありませんか？」

「はい、まったく存じません。申しわけありませんけど」

「もう一度、おききしますが、一月七日の夜、あなたも一緒に乗った、小島市長の車が、人をはねた。いや、軽い事故でしょうから、接触したでも、いいのですが、そういうことは、ありませんでしたか？」

「はい、何もありませんわ」

「そうですか。そうなると、これは、小島市長さんご本人に、おききするしか、ありませんね」

十津川が、いうと、奈緒は、小さく、首を横に振って、

「小島市長に、お会いになっても、おそらく、私と同じ言葉しか、返ってこないと思いますけど」

「じゃあ、専属の運転手さんが、いらっしゃいましたよね？　その方の、お名前を教えて、いただけませんか？」

「どうしてでしょうか？」

「われわれは、会津若松にきてから、一月七日に、小島市長の車が、交通事故を起こしたという噂を、耳にしました。今のところ、単なる噂でしかないようですが、この噂は、ひょっとすると、本当なのではないかと、われわれは、考えているのです。その事がきっかけで、さっきいった、折戸修平とあなた、あるいは、小島市長とが、面識を持つようになったのではないか？　そう考えているので、正直に、話していただきたいのですよ。市長や、秘書のあなたが、話しにくいのであれば、その車を、運転していた運転手さんに、きいたほうが、早いかもしれません。ですから、その運転手さんの、名前を、教えていただきたいのです」

「平井さんと、おっしゃいますけど」

「その平井さんには、どこにいけば、会えますか？　さっき、駐車場に、小島市長の専

用車が、駐まっているのを確認しました。今日も、あの専用車に乗って、市長は、帰宅されるわけでしょう？　当然、今、あなたがおっしゃった平井さんが、運転するんですよね？　とすると、あの車のところで、ずっと待っていれば、平井さんに、会えますね？」

「刑事さんは、平井さんに会って、どうされるんですか？」

「別に、大したことでは、ありません。今も、申しあげたように、一月七日の夜のことについて、ちょっと、お話をきくだけです」

「刑事さんのいうような、交通事故は、なかったんですから、平井さんに、きいても、無駄だと、思いますわ」

「それは、平井運転手に、直接きいてみなければ、わかりませんよ」

十津川が、いうと、奈緒は、黙ってしまった。

しかし、彼女は、目をそらして、黙ってしまったわけではない。大きな目でじっと、十津川を見、亀井刑事を見ている。

そんな奈緒に向かって、

「先日、雪のなかを、白虎隊記念館に、いってきました」

と、十津川が、いった。

奈緒は、話題が、一月七日のことから、離れたからか、ホッとしたような、顔になっ

て、

「それで、どうでした？　あそこの館長さんは、一風、変わった方ですけど、歴史に、大変詳しいので、いろいろと、説明を受けたんじゃありませんか？」

「そうですね。会津戦争の時のことを、いろいろと、教えてもらいました」

と、十津川は、いってから、

「私も、歴史は好きですが、それ以上に、記念館で、目についたのが、会津戦争の時の、女性たちの、働きぶりなんですよ。自発的に、二十人ばかりの隊を作って、新政府軍と戦ったそうですね。白鉢巻きをして、たすき掛けをし、なぎなたを持って、突進していく絵も、見ましたし、会津藩最高の美女といわれた、姉妹の絵や人形も見ました。その姉妹の人形の顔が、あなたに、そっくりだったんですよ。今、あなたを見ていて、あの絵や人形のことを、思い出しました。特に、あの姉妹の妹のほうは、綾という、名前なんですが、確か、あなたの、お姉さんも同じ名前でしたね？」

「ええ、確かに、姉は、綾といいますけど」

「あなた自身は、どう思っていらっしゃるんですか？　白虎隊記念館の、あの、美しい姉妹に、ご自分が似ているとは、思いませんか？」

「姉は、確かに、似ていると、思いますが、私は似ていませんわ」

遠慮がちに、奈緒が、いった。

「あなたの、お姉さんには、お会いしたことがないんですが、あなたは、間違いなく、あの会津藩最高の美人姉妹の、姉のほうに似ているし、妹のほうにも、似ていますよ」

「あなたも、あの、白虎隊記念館にいかれたことが、あるんでしょう？」

と、亀井が、そばからいった。

「はい、何回か、いったことがありますわ」

「あなたには、普通の美しさとは違った、何かが、感じられます。それが、素晴らしいですよ」

と、十津川が、いった。

「そんなもの、私にあるでしょうか？」

「今の日本の、若い女性は、みんな、美しくなりましたよ。しかし、何かが欠けている。それは、昔の女性が持っていた気品といったらいいか。あるいは、健気さといったらいいかもしれません。それが、あなたには、あるんですよ」

「でも、私は、戦争は、嫌いです」

と、奈緒が、笑った。

十津川は、構わずに、

「さっきの、折戸修平に戻るのですが、折戸修平は、高校時代、同じく私立の高校生だった、あなたのお姉さん、長瀬綾さんが好きに、なりましてね。ラブレターを送ったり、電話をしたりしていたらしいのです。ところが、折戸修平は相手にされず、その上、高校を、卒業するとすぐ、綾さんは、結婚してしまった。失望した折戸修平は、高校を出ると上京して、東京の大学を卒業、東京の会社に、就職し、ほぼ二十年間、郷里の、会津若松には帰らなかったんですよ。その間、東京で、結婚しましたが、奥さんとは、死別して、それを機会に、郷里の、この会津若松に、帰ってきました。そして、親友に電話してきているのです。折戸修平は、ある女性を、好きになったと、いっていたそうです。その女性は、あの、綾さんに似ている。当然ながら、白虎隊記念館に、展示されている、あの美人姉妹の絵や人形に似ている。その綾さんは、会津若松ではなくて、同じ福島県内の、いわき市で、家庭を持っているから、折戸修平が、二十年ぶりに、帰郷して会ったのは、綾さんではない。とすると、綾さんに、よく似ている人、そして、白虎隊記念館の、美人姉妹に、よく似た人ということになってくるんですよ。そう、考えると、綾さんの妹のあなたしか考えられない。つまり、折戸修平は、あなたに、どこかで、出会っている。だから、東京の親友に、結婚したい女性が見つかったと、電話してきているのです」

「でも、私は、折戸修平さんという男の方は、まったく知らないし、会ったこともございませんけど」

「秘密は守ります。それは、お約束します」

「秘密って、何のことでしょうか？」

「一月七日の夜、交通事故があった。小島市長の車が、誰かをはねた。しかし、相手は、死んでもいないし、重傷でもなく、大した怪我ではなかった。私は、そう思っています。それに、われわれは、捜査一課で、殺人や強盗といった事件を扱っていますが、交通事故は、担当外です。どうですか、一月七日の夜のことを、話していただけませんか？それから、カメさん、ちょっといってきてくれないか？」

十津川が、小声でいうと、亀井は、奈緒に向かって、軽く、会釈をしてから、応接室を出ていった。

「何をなさるおつもりなんですか？」

奈緒が、眉を寄せて、きく。

「あなたが、どうしても、一月七日には、交通事故は起きていないと、おっしゃるので、亀井刑事に、駐車場にいって、運転手の平井さんに、話をきいてこいと、いったのです」

「ちょっと、待ってください」

奈緒が、あわてた表情になった。

十津川は、微笑して、

「何時間でも、お待ちしますよ」

「ちょっと、失礼します」

と、いって、奈緒は、応接室を出ていった。

今度は、さっきよりも、長い時間を待たされた。

しばらくすると、亀井が、戻ってきて、

「彼女は、どこへ、いったんでしょうか？」

「おそらく、市長に相談にいったんだと思うね」

十津川が、いった時、応接室のドアが開いて、長瀬奈緒が、小島市長を、連れて戻ってきた。

「市長の小島です」

と、相手は、いってから、十津川に向かって、

「長瀬君の話では、何でも、今年の一月七日の夜のことを、ききにいらっしゃったということですが？」

「そのとおりです。一月七日の夜に、何があったのかを、教えていただきたい。もちろん、ここで、おききした内容は、すべて、秘密にしておきますし、交通事故が、あったとしても、私の管轄では、ありませんので、それについて、いろいろと、おききするということはありません。ですから、安心して話してください」

と、十津川が、いった。

「そうですか」

　と、市長はうなずいた後、

「確かに、一月七日、賀詞交歓会の後に、私と、ここにいる長瀬君は、平井運転手が、運転する車で、会場を、後にしました。夜に入ってから、気温が、下がったので、道路が、固く凍結していましてね。いわゆる、アイスバーンですよ。それで、平井運転手が、ちょっと、ハンドルを取られてしまって、スリップして、しまったんです。ちょうどそこへ、男の人が一人、歩いてきていましてね。接触して、しまったんですよ。慌てて、平井運転手と、長瀬君が、車から飛び出て、倒れている男の人に、駆け寄りましてね。とにかく、病院に、お連れしますと、平井運転手が、いったのですが、不思議なことに、その男性は、いや、自分で、いけるから構わないでください。それから、この事故のことは、内密にして欲しいと、そういったんですよ。それでも、とにかく、病院にいきましょうと、無理矢理の感じで、その男性を、病院に運びました。しかし、医者が診たところでも、大したことはない。二、三日すれば、退院できるということだったので、翌日、私は、病院に、お見舞いに、いったのですが、その人は、その時も、また同じことを、いうんですよ。大した怪我では、ないから、事故はなかったことにして欲しい。また、このことで、あなたたちを、告発するつもりはないと、そういうんですよ」

「その男が、折戸修平だったということですね？」

「ええ、そうです」

「折戸修平のほうから、この事故は、なかったことにして欲しい。そういったんですか？」

「そうなんですよ。正直いって、私もビックリしてしまいましてね。被害者の方からそういわれるし、平井運転手も、事故がなかったことにすれば、免許を停止されることもない。そう思いましてね。ですから、私が市長の、権限を使って、事故をもみ消したわけじゃありません」

「それで、折戸修平ですが、事故がなかったことにする代わりに、何か、条件のようなものは、出しませんでしたか？　ただ単に、事故は、なかったことにして欲しい。そういっただけじゃ、なかったんじゃありませんか？　何か、条件を出したのではないかと、思うんですが」

十津川が、いうと、市長は、チラリと、秘書の、長瀬奈緒のほうに、目をやってから、

「そうですね。折戸さんは、ひとつだけ、条件を出しましたよ」

「どんな条件だったのですか？」

「折戸さんは、同じ車に乗っていた、秘書の長瀬君とつき合うのを、許可して欲しいと」

「なるほど」

「私はそれは、長瀬奈緒君が、決めることだ。そういいました。それから、ストーカー行為のようなことをしてもらっては、困る。その二つの条件を、出したんです」

「それで、どうなったんですか？」

「長瀬君は、時間があれば、おつき合いしてもいいといいました。後できいたことですが、長瀬君は、折戸修平さんのことを、以前から、知っていたんです。長瀬君の話によると、彼女の姉、綾さんですが、綾さんが、高校時代、折戸修平さんも、会津若松の、高校に通っていて、折戸さんは、女子高校生の、綾さんのことが、好きになってしまった。ところが、綾さんは、高校を卒業するとすぐ、結婚してしまった。折戸さんのことは、姉の綾さんから、きいて、知っていたというのです。折戸さんも、ストーカー行為は、絶対にしない。あくまでも、長瀬君の気持ちに、合わせていく。そういったので、長瀬君と、折戸さんの交際が、始まったと、私は、思っています。詳しいことは、長瀬君にきいてください」

　そういって、市長は、部屋を出ていった。

　後に残った長瀬奈緒は、十津川に向かって、

「さっきは、嘘をついて、申しわけございませんでした」

　と、小さく、頭を下げた。

「いや、そんなことは、どうでもいいんですよ。それより、今、市長さんがいったこと

は、本当ですか?」

改めて、十津川が、きいた。

「はい。市長が、話されたとおりです」

「市長さんは、あなたと、折戸修平との交際が、始まったといっていましたが、今は、どんな、交際をしているんですか?」

十津川が、きいた。

「まだ、知り合って、二カ月しか、たっていませんから、どんな関係かと、きかれても、困ってしまいますわ。一緒に、食事をしたり、映画を見たりしていますけど、それ以上では、ありません」

「折戸修平さんから、結婚を、申し込まれたことはありませんか?」

亀井が、きくと、奈緒は、笑って、

「今も申しあげたように、まだ、お会いして二カ月ですよ。そんなところまでは、いっておりません」

「折戸修平は、結婚という言葉を、一度も口にしたことがないのですか?」

と、さらに、十津川が、きくと、

「プロポーズのようなことは、ありませんけど、会ってすぐ、きかれたことが、あります。私が、夫と死別して、現在は一人だというと、もう一度、結婚してもいいと、思っているのか、それとも、もう二度と、結婚するつもりはないと思っているのかどちらなのかと、きかれたことはありましたけど」

と、奈緒が、いう。

「最近、折戸修平の様子に、何か、おかしなところは、ありませんか？」

「おかしなところって、どういうことでしょうか？」

「例えば、会っている時に、暗い顔をしているとか、落ち着きがなくなったとか、そんなことですが」

十津川が、いうと、奈緒は、少し、考えてから、

「そういえば、ここ十日ほどですが、折戸さんから、連絡がありません。それで、心配しているんですけど」

「正確にいえば、三月の、いつから、連絡がなくなったんですか？」

「そうですね、確か、三月の九日からだと、思いますけど」

「あなたの、携帯の番号は、折戸修平は、知っているんですか？」

「ええ、ご存じです。おつき合いを、始めて一カ月ぐらいした時、お互いに、携帯の番号を、教え合いました」

「もう一度、確認しますが、三月九日以降に、あなたの携帯に、折戸修平から、電話がかかって、こないんですね？」

「ええ、全然ありません。それで心配して、こちらから、折戸さんの携帯に、電話をしてみたのですけど、通じないのです」

「通じないというのは、圏外ということですか？」

「いいえ、向こうが、電源を切ってしまっているんだと思いますわ」

「折戸修平の住所は、知っているんですか？」

「ええ、知っています。確か、郊外のマンションに、住んでいるときいています。マンションの名前は、城山コーポで、そこの五〇三号室だそうです。私は、そのマンションには、いったことがないのですけど」

「城山コーポ五〇三号室ですか」

十津川は、そのマンションへの道順をきいた。

最後に、十津川は、奈緒に向かって、

「これから、折戸修平の、住んでいる、マンションにいってみますが、何か、彼に、伝言はありませんか？」

「一週間ばかり、何の、連絡もないので、心配していますと、お伝えください」

と、奈緒が、いった。

2

今日は、昨日と違って、タクシーで、折戸のマンションに、いくことにした。三日続けて、福島県警に、パトカーを出してもらっては、いくら何でも、申しわけないと思ったからだった。

そのマンションは、武家屋敷の近くに、あった。

雪は、相変わらず降り続いている。七階建ての、城山コーポの入口には、つららが、下がっていた。

一階に、ズラリと、住人の、郵便受が並んでいる。五〇三号室のところに、妙に小さな字で、折戸と書かれていたが、新聞が何部も突っ込まれていて、その下にも、新聞が、散乱していた。

(折戸修平は、部屋にも、いないようだな)

十津川は、そう考え、管理人に、警察手帳を見せて、話をきくことにした。

「五〇三号室の、折戸修平さんのことで、ちょっとお話をうかがいたいのですが」

十津川が、いうと、管理人は、

「折戸さんなら、部屋には、いらっしゃらないでしょう?」

と、いった。

「彼、出かけているんですか？」

「ええ、もう十日ほど、帰っていらっしゃいませんね。どうしたのかな？」

「彼は、正確には、いつからいないのですか？」

「そうですね。今月の十日は、もう、五〇三号室は、留守のようでしたから、その頃からじゃありませんかね」

「五〇三号室を、調べてみたいので、ドアを開けてもらえませんか？」

十津川は、管理人に、頼んだ。

五〇三号室まで上がっていき、管理人が、ドアを開けてくれる。

十津川たちは、2DKの部屋に入っていった。

部屋に入ってみて、まず、十津川が感じたのは、何とも、殺風景な部屋だな、ということだった。

二十年間、東京で暮らしていたのに、突然、折戸修平は、郷里の、会津若松に帰った。

それから、数カ月、いろいろと、調度品が調い、気のきいたカーテンなどがあり、机やテレビ、洋ダンスなどが、あるだろうと、考えていた十津川には、そうしたものが、ほとんどない折戸修平の部屋は、やたらに、殺風景に見えた。

机の上には、なぜか、手帳が一冊、置いてあった。

十津川は、手袋をはめてから、机の上の、手帳を手に取った。

ページを繰ってみると、手帳というよりも、日記帳といったほうが、正しい気がした。

今年の一月から、始まった日記である。

ページを繰っていくと、記入は、三月九日で終わっていることがわかった。

三月九日に、その日一日の、日記を書いた後、折戸は失踪したのではないか。

十津川は、まず、一月七日の、ページを繰ってみた。例の交通事故があった日である。


〈一月七日。晴れ。

今夜、ついに、彼女を見つけた。まさに奇跡だ〉

そのページには、それしか、書かれていなかった。たぶん、この日の夜、病院に、運ばれてしまい、ベッドの上で、この一行だけ、書き記したのだろう。

それが証拠に、翌日の、一月八日のページには、もっと、長い文章が記してあった。


〈一月八日。晴れ。

彼女の名前は、長瀬奈緒。驚いたことに、あの綾の、妹なのだ。確かに、綾によく似た顔立ちをしている。そして、私が学生の頃から、憧れていた白虎隊記念館の、あの、美人姉妹の絵や人形にも、よく似ている。

私が、求めていた美しさ。それは、ただの、美しさではない。凛とした、気品である。

市長には、この事故は、なかったことにして欲しいと、申し入れた。

市長は、ビックリしていた。被害者のほうが、なかったことに、してくれといったからだろう。

しかし、私にしてみれば、この交通事故が、公になってしまえば、市長秘書の、長瀬奈緒は、私に、会いにきてくれないだろうという心配があったからだ。

会いに、きてくれたとしても、それは秘書として、事故の被害者を、見舞いにきたということになる。私としては、そうした、堅苦しい立場で、会いにきて欲しくないのだ。

だから、私は、この事故は、なかったことにして欲しい。そして、秘書の、長瀬奈緒とつき合うことを、認めて欲しいといった。

もちろん、市長が、あるいは、長瀬奈緒本人が、断ってくるかもしれない。それを、心配したが、市長からは、秘書の長瀬君の、好きにしていいといわれ、ストーカー行為は、止めて欲しいと、条件を、つけられた。

そうなると、問題は、長瀬奈緒本人の返事次第である。もし、彼女が拒否をすれば、この話は、そこで、終わりになってしまう。

るところが、彼女は、つき合ってもいいといってくれた。バンザイ！　私はやっと、二十年ぶりに、好きな女性を見つけ、その女性と、交際することになったのだ〉

その後、連日、長瀬奈緒のことが、書いてあった。

しかし、十津川には、それ以上に、もっと知りたいことが、あった。

それは、佐伯隆太のことである。

佐伯は、会津若松に、帰郷してしまった折戸修平に会うために、三月六日から、八日までの、三日間、会津若松を、訪ねている。

その佐伯が、三月十四日、東京で死体となって、発見されたのである。

佐伯を、折戸修平が殺したとは、十津川は、断定はしていない。

ただ、佐伯が、会津若松で、本当に、折戸修平に会ったのか？　そして、いったい、何を話したのか？　それを、知りたくて、日記のページを繰っていって、三月七日のページを開けてみた。

しかし、そこには、佐伯隆太の名前はなく、その代わり、Sとあった。それはたぶん、佐伯のことだろう。

〈今日、S、会いにくる〉

この日の記述は、この一行のみ。そして、次の日には、

〈Sと口論〉

これもまた、この一行だけ。

そして、次の日にも、ただ一行、こうあった。

〈ならぬものはならぬ〉

そして、この三月九日で、日記は、終わっていた。

十津川は、この日記を、亀井に渡した。

亀井も、しきりに、あちこちページをめくっていたが、

「ここに記入してあることは、どういう意味なんですかね？　長瀬奈緒のことについては詳細に書いていますが、佐伯さんのこと、ひどいものですね。どの日も、たった、一行だけ。これでは、佐伯隆太さんと、折戸修平の間に、いったい、何があったのか、ま

ったく、わからないじゃありませんか？」

「確かに、カメさんのいうとおりだ。殺された佐伯隆太のことで、何かわかるかもしれないと、思ってきたのだが、折戸修平の日記が、見つかったのに、肝心の三日間の記述は、ないに、等しいね。しかし、この三行の記述にも、何か、秘密が隠されているかもしれないし、そこから、何かを察しないといけないのかもしれないね」

「Sと口論とありますから、おそらく、何かで、佐伯さんと、折戸は、喧嘩になったんでしょうね？　しかし、口論の内容が、まったくわかりませんから、これでは、察しようがありませんよ」

「もうひとつ、三日目に、ならぬものはならぬと、書いてある」

「ならぬものはならぬというのは、会津藩の藩士たちが、日新館で、教わったことでしょう？　しかし、何か、理由があって、それに、対して、ならぬものはならぬと、いっているのなら、わかりますが、この日記では、それが、まったくわかりませんからね。いったい何に、対して、ならぬと、いっているのか？　事件解決の役には、立たないと思いますが」

「カメさん、その日記の、三月五日のページを見てくれ」

と、十津川が、いった。

「三月五日ですね」

「そこに、何か書いてあったら、読みあげてみて欲しい」

「読みますよ。彼女が、私にとって、命だと、次第に、わかってきた。彼女のいない世界など、私には、到底考えられない。そう思うと、無性に、彼女を、守ってやりたくなってくる。もし、彼女を傷つけるような人間がいれば、その人間と必ず闘う」

「三月五日の、ページに書いてあるのは、それだけか？」

「いや、一行あけて、書いてありますね。読みますよ。Sから電話。嫌な予感がする。そう、書いてあります」

「本当に、そう書いてあるのか？」

「ええ、そう、書いてありますが」

「見せてくれ」

十津川は、亀井から、奪い取るようにして日記を、受け取ると、問題の三月五日のページを食い入るようにして、読み始めた。

彼女のためなら誰とでも闘うと、そこには、書いてある。もちろん、彼女というのは、長瀬奈緒のことだろう。

亀井のいうように、一行あけて、確かに、

〈Sから電話。嫌な予感がする〉

と、書いてある。

「おかしいな」

と、十津川が、いった。

「何が、おかしいんですか？」

「東京で殺されていた、佐伯隆太は、珍しく、私に、手紙を寄越した。三月五日の夜に書いた手紙だよ。その手紙をここに、持ってきているのだが、佐伯は、こんなことを、書いているんだ。今日、突然、会津若松にいる、折戸修平から、電話がかかってきた。向こうで、結婚したい女性を、見つけたので、君に紹介したい。是非、こちらにきて、彼女を、見て欲しい。そんな電話が、あったので、さっそく、会津若松にいってくる。東京に帰ってくるのは、八日頃に、なるだろうという、そういう手紙を、もらったんだよ。この日記の、Sというのは、間違いなく、佐伯隆太のことだろうから、電話は、逆になる」

「確かに、おかしいですね。その日記では、殺された佐伯隆太さんのほうから、電話があって、嫌な予感がしたと、書いてありますね。それなのに、警部が受け取った佐伯さんの手紙には、五日の夜、折戸修平のほうから、電話があって、自分が、結婚したい女が見つかったので、是非見にきてくれと書いてあったんでしょう？　まったく逆ですね。思い違いということは、ありませんか？」

「どっちが、思い違いをしていると、思うんだ」

「どちらかは、わかりませんが、例えば、殺された佐伯さんが、会津若松にいって、友達の折戸修平に、会いたくなった。そこで、三月五日の夜、自分のほうから、電話をして、明日いくからといった。その電話が、楽しくて、時間がかかったので、電話が終わった時、向こうから、かかってきたような、気になっていた。それで、警部への手紙には、そう、書いたんじゃありませんか？」

「佐伯の思い違いか？」

「そうです。私にも、たまにですが、そういうことが、あるんですよ。昔の友人に、こちらから、電話をかけて、近況を、きこうとした。ところが、向こうからもかけようと思っていた。昔話に花が咲いて、一時間も、二時間も電話で話してしまった。そうすると、電話を切った後で、私のほうからかけたのか、それとも、向こうから、かかってきたのか、わからなくなることが、ありましたから」

　と、亀井が、いった。

「確かに、電話が長くなって、話に花が咲くと、電話を切った後、こっちから、かけたのか、それとも、向こうから、かかってきたのかが、わからなくなることがある。そういう経験は、私にも、あるがね。この場合、折戸修平は、その、電話について、たった、一行しか書いていないんだ。だから、この電話は、今、カメさんがいったような、話が弾んで、長い時間かかった、楽しい電話だという感じが、折戸修平には、なかったんじゃないのか？　いかにも、突っ慳貪な、たった、一行の記述だからね。だから、佐伯隆太のほうが、自分からかけたのか、向こうから、かかってきたのか、わからなくなるほどの、長話ではなかったと、私は思うね」

「だとすると、折戸修平が、間違っているのでしょうか？　自分からかけたのに、東京の佐伯さんから、かかってきたように思い込んでしまった。そういうことは、考えられませんか？」

「いや、このケースでは、考えられないね。折戸は、佐伯と交わした電話を、嫌な予感と、書いているんだ。おそらく、気が進まない電話だったんだとしか、思えない。そんな電話を、折戸のほうから、佐伯隆太に、かけるだろうか？」

「そうすると、佐伯さんが、嘘の手紙を、警部に、寄越したということに、なりますね」

「まだ、そこまでは、断定できない。何しろ、佐伯本人は死んでしまっているからね。それに、佐伯が、私に、嘘の手紙を書く理由が、わからない。自分のほうから、かけたって、折戸のほうから、かかってきたって、どっちだって、いいじゃないか？　とにかく、佐伯は、会津若松に、いったんだからね。私は、そう、考えてしまうんだ」

十津川は、ポケットから、佐伯隆太の寄越した手紙を、取り出した。

部屋の椅子に腰を下ろして、もう一度、十津川は、手紙に、目を通した。

間違いなく、そこには、五日の夜遅く、折戸から、電話があって、自分が結婚したい女が見つかった。彼女を、君に紹介したいから、会津若松にこないかとある。

十津川は、友人の折戸修平が、二十年ぶりに、郷里の会津若松に、帰ったことは、きいていた。

しかし、折戸が、その会津若松で、愛する女性に、巡り会ったことは、知らなかった。

愛する女性、つまり、長瀬奈緒である。

佐伯隆太は、そのことを、知っていたことになる。

どうして、佐伯は、知っていたのだろうか？

いちばん簡単な答えは、当人の、折戸修平から電話をもらい、そのなかで、折戸が、結婚したい相手を、見つけたといった場合である。

となると、佐伯が、三月五日の夜に、書いて、十津川に、送ってきた手紙の内容は、本当だということになる。

「少しばかり、わからなくなってきた」

十津川は、小さくかぶりを振った。

「この手紙によれば、佐伯は、折戸修平が、愛する女性を見つけたことを、知っていたんだ。長瀬奈緒という名前も、知っていたのかもしれない」

「そうですね。郷里の会津若松に、帰ってしまった友人について、いろいろと、知っているということは、折戸修平が、電話で佐伯さんに話したか、あるいは、手紙で、知らせたかの、どちらかでしょう」

「だから、佐伯隆太は、勇んで会津若松にいって、折戸修平に、会ったことになる」

「そうですね。折戸の日記にも、Sという頭文字ですが、佐伯さんが、きたことを、書いてあります。しかし、大学時代の友人が、久しぶりに、訪ねてきたにしては、嬉しそうでもないし、素っ気ない、たった一行の、記述にしかなっていませんよ。折戸修平は、佐伯さんのことを、歓迎してなかったんじゃ、ありませんか？」

「そして、いちばん気になるのは、ならぬものはならぬという、たった一行の記述だ。いったい、誰に対してのこととして、折戸修平は、日記に、記したのだろう？」

「普通に考えれば、東京で、殺された、佐伯隆太さんのことに、なりますね」

「そうなると、折戸修平が、佐伯隆太を、殺したことになってくるが、動機は、何なのだろう？　どちらが、電話をかけてきたのかは、特定しにくいが、佐伯は明らかに、折戸修平に、愛する女性ができたことを知っていて、その祝福のために、会津若松にいったんだ。多少、からかって、やりたいという気持ちもあったのかもしれないが、そんなものは、よくある話で、友人というのは、からかいながら、祝福するんだ。それなのに、折戸修平が怒って、佐伯を、殺したということは、どうにも、考えにくいんだよ」

「折戸修平と、佐伯隆太さんとは、仲がよかったんですか？　それとも、仲が悪かったんですか？」

亀井が、きく。

「私たち三人は、同じ大学の同窓生なんだ。私と佐伯は、親しかったが、折戸修平とは、あまり、親しくなかった。折戸という男は、大学時代から、ちょっと、エキセントリックなところのある男でね。卒業後も私は、佐伯とは、時々会って、一緒に、食事をしたりしていたんだが、折戸修平とは、そういうことは、なかったね」

「佐伯さんと、折戸修平とは、どうなんですか？　その手紙に、書いてあることが、本当ならば、二人は、かなり、親しかったんじゃありませんか？　親しかったからこそ、折戸修平が、郷里の、会津若松に帰って、愛する女性を見つけた。そのことを、佐伯さんは知っていて、その女性に、会うために、あるいは、祝福をするために、会津若松に、いったんじゃないでしょうか？」

「その可能性は、確かに高いんだ。もし、そうだとすれば、なおさら、折戸修平が、佐伯隆太を殺す理由が、なくなってしまう」

「佐伯さんを、殺したのは、折戸では、ないかもしれませんね」

「私も、そうあって、欲しいと思っているんだ。同じ大学の同窓生で、殺された、佐伯の友人でもある、折戸修平を逮捕するのは、嫌だからね」

3

十津川は、この問題を、ひとまず置いて、折戸修平が、住んでいる2DKの部屋を、徹底的に、調べてみることにした。

何とかして、折戸修平の、行方を、知りたかったからである。もし、何か、手掛かりがあれば、それを、見つけたかった。

六畳の部屋が、縦に二つ並び、それに小さなベランダがついている。

キッチンも、バスルームもトイレも、いずれも小さい。よくある、典型的な、2DKの部屋である。

折戸修平は、入口を入ってすぐの、六畳をリビングにし、奥の六畳を、寝室として使っていたらしく、そこには、ベッドが、置いてあった。

「警部は、何を、見つけたいんですか？」

と、亀井が、きく。

「折戸修平は、父親を病で亡くし、母親は自殺をしてしまった。天涯孤独だから、この会津若松で、何か、仕事をしていたと、思うんだが、どんな仕事を、していたのか、まず、それを知りたい」

しかし、いったい何を、捜したらいいのか、十津川自身にも、わからなかった。何しろ、机と椅子とベッド、そのくらいしか、置いていない部屋なのである。

「このカレンダー、気になりますね」

亀井が、壁に掛かっているカレンダーを指差した。

カレンダーは、三月の分が、表になっているのだが、亀井が、気になるといったのは、そのカレンダーの下に、印刷されている会社の名前だった。

ＡＷクリーンＫＫとある。住所は、この会津若松市内だった。

「問題は、折戸修平が、このカレンダーを、どこで、手に入れたかですね。ひょっとすると、折戸は、この、ＡＷクリーンＫＫという会社で、働いているんじゃありませんか？」

亀井が、いった。

「後で、念のために、訪ねてみよう」

と、十津川が、いった。

寝室の壁には、長瀬奈緒の写真が、パネルにして、飾ってあった。おそらく、折戸自身が自分で、写したものだろう。

写真と、カレンダーのほかには、これといったものが、見つからないので、十津川は、問題の日記を、ポケットに収め、亀井と二人、カレンダーにあった、ＡＷクリーンＫＫという会社に、いってみることにした。

雪は、依然として、降り続いている。

問題の会社は、ＪＲ会津若松駅のすぐ近くにあった。雑居ビルの、一階と二階を、使っている。

十津川は、受付で警察手帳を見せ、会社の責任者に、会いたい旨をいった。

応接室で待っていると、出てきたのは小野田という中年の男だった。総務部長だという。

十津川は、単刀直入に、折戸修平の名前を告げ、ひょっとして、このＡＷクリーンＫＫで働いているのではないかと、きいてみた。

小野田は、あっさりと、うなずいて、

「ええ、確かに、折戸修平は、うちの、社員でしたが」

「彼に、すぐ、会いたいのですが、どこにいるかわかりませんか？」

十津川が、いうと、小野田は、当惑の表情になって、

「それが、最近、会ってないんですよ。住所を、お教えしますから、そちらに、いってみたらどうですか？」

と、いう。

十津川が、苦笑して、

「実は、そのマンションから、こちらに、きたんですよ。マンションにも、折戸修平はいませんでしたからね」

「そうですか。彼、どうしたんですかね？　一身上の都合で、辞めたい、そういう届を、出しましてね」

と、小野田が、いう。

「折戸修平は、この会社で、どんな、仕事をやっているんですか？」

「うちは、清掃事業なら、何でも、やります。ここにきて、大雪が降って、交通渋滞が起きると、市役所からうちに、除雪の依頼が、ありましてね。うちの人間が、何人も、今、除雪作業のために、出かけています。それに、会社や個人の家の、クリーニングもやっています。最近は、家の掃除を、きちんとやる奥さんが、少なくなって、相当汚くなってからうちに、二十四時間以内に、きれいにしてくれという依頼もありますよ」

と、小野田は、いった。

「折戸修平は、こちらでは、どういう、仕事をやっていたのですか？　こういう会社は、パートの人が、多いんじゃありませんか？」

「ええ、そのとおりです。うちは、一年中、パートの清掃員を、募集しています。折戸修平も、最初は、パートとして、応募してきたんです。一カ月くらい、働いていた時、彼が、うちの社長と同じ、高校の出身だということが、わかりましてね。うちの社長に、いわせると、確か、高校三年生の時の、夏休みに、彼と一緒に泳ぎにいって、溺れかけた時、助けてくれたのが、折戸修平だったというんですよ。それで、社長の命令で、いきなり、パートから正社員になり、その上、主任の肩書きがついたんです。でも辞めてしまいましたが」

（それで、あの２ＤＫの、マンションを借りることに、なったのか）

と、十津川は、思いながら、

「この会社で、折戸修平と、いちばん、仲のよかった社員の方がいたら、ここに呼んでもらえませんかね、話をききたいので」

と、いうと、小野田は、折戸と同じ、主任だという、加藤という四十歳前後の男を、呼んでくれた。

加藤は、折戸修平と同じ高校を、出ていると、十津川に、いった。

「私のほうが、一年先輩でしたが、折戸とは、一緒に、遊んだこともあるし、一緒に、スキーにいったことも、あります。初めて、彼がパートとして、うちの会社に、入ってきた時、私も彼のことを覚えていたし、彼も、私のことを覚えていました」

「折戸は、確か、ここの社長とも同じ高校の同窓生なので、いきなり、正社員になり、その上、主任になったと、きいたのですが」

「そのとおりですよ。運がよかったと思っていたんですがね。パートのままで、ずっと、働いている人もいますから」

「あなたから見て、折戸修平というのは、どんな人物ですか？　少しばかり、曖昧な質問ですが」

「そうですね。とにかく、真面目な男ですね。ただ、少しばかり、頑固なところがあるかな。しかし、僕は、ああいう、折戸みたいな性格、好きですよ」

「折戸修平が、高校時代、ある女性を、好きになった。長瀬綾という女子高生なんですが、その女性のことは、ご存じですか？」

「ええ、知っていますよ。うちの高校では、かなり、噂になりましたからね」

「その長瀬綾さんの、妹さんが、現在、市役所で、市長の秘書を、やっています。綾さんに、とても、よく似た顔をして、もちろん、姉妹ですから、当然なのですが、奈緒さんという名前の、その妹さんを、折戸修平が、好きになったというのですが、そのことも、ご存じでしたか？」

「ええ、もちろん、知っていますよ」

「本当に、ご存じだったのですか？」

「何しろ、この町は、狭いですからね。それに、彼女も、いろいろと、噂のある人だから」

と、加藤が、いった。

「噂って、どんな噂ですか？」

「何といっても、まず、彼女は、美人じゃないですか？　それに、現在、独身でしょう？　嫌でも、男が放っておかない」

「なるほど。今、加藤さんがいわれた、彼女に絡んだ噂ですが、明るい噂ですか？　それとも、暗い噂ですか？」

「それは、どっちも、ありますよ。だから、この町では、かなりの有名人なんですよ」

「もう少し具体的に、どんな、噂なのか、教えてもらえませんか？」

十津川が、いうと、

「いや、これは、あまり、いいたくありませんね。それにあくまでも、噂だから、本当かどうかは、わからないんですよ」

とだけ、加藤は、いった。

第四章　幻の原稿

1

K出版の出版部長だという、小堺良二という男が、捜査本部に、十津川を訪ねてきた。

K出版は、殺された佐伯隆太が、働いていた出版社である。

「佐伯隆太のことで、お話があります」

と、いわれて、十津川は、ともかく、会ってみることにした。

捜査本部から、歩いて五、六分のところにある喫茶店で、小堺の話をきくことにした。

「事件の捜査は、どの程度まで、進んでいるんですか？　うちの佐伯を、殺した犯人については、目星が、ついているんですか？」

と、いきなり、小堺が、きいた。

「容疑者は、折戸修平という、私と、殺された佐伯の、共通の大学の同窓生です。確証はありませんが、ほかに容疑者はいないと、私は、思っています。ただ、この折戸修平は、現在、行方不明に、なっております。故郷の会津若松に、帰っている時にいなくなったので、今も市内に潜伏しているのか、会津若松から出て、どこかに逃亡しているのか、残念ながらまだわかっていません」

「事件が未解決であれば、今日お持ちしたものが、少しは、その解決に役立つと思うので、是非とも、見ていただきたいのです」

小堺は、そういって、大きな茶封筒を、十津川の前に置いた。

「何ですか、これは？」

「実は、亡くなった、佐伯の机のなかを調べていたら、引き出しの、いちばん奥から、こんなものが、出てきたんです。原稿です」

「ちょっと拝見」

十津川は、その茶封筒のなかから、パソコンで打たれたと、思われる原稿を、取り出した。

「かなりの量がありますね」

「全部で三百二十五枚です」

一枚目にはタイトルが書いてあって、それには『幻想の女』とあった。

「よくわからないので、おききするのですが、佐伯は、編集者ですよね？　普通、こんな、長い原稿を書くのは、編集者ではなくて、作家だと、思うのですが、どうして、佐伯は、こんな長いものを、死ぬ前に、書いていたんでしょうか？」

「その点は、十津川さん自身が、これを読んでから、判断してくれませんか」

「ということは、この原稿は、今回の事件に関係が、あるのですね？」

「私は、関係があると、思いました。それで、こうして持参して、十津川さんに、読んでいただきたいと、申しあげているのです」

「とにかく、拝見しましょう」

とだけ、十津川が、いった。


〈私には、折戸修平という親友がいる〉

この言葉で、原稿は始まっていた。


〈折戸が生まれ育ったのは、会津若松である。ちなみに、私は、その近くの長岡で、生まれ育った。

明治維新の時、会津藩は、新政府に恭順を申し入れたのだが、長州、薩摩、土佐などの新政府軍に睨まれていて、降伏も許されなかった。

その点は、私の郷里、長岡藩も同じである。

戦うことを決した両藩は、会津藩主をリーダーにした連合軍を作り、新政府軍と戦った。

長岡藩には、有名な河井継之助がいて、当時、最先端の武器といわれたガットリング砲を使って抵抗したために、新政府軍は苦戦した。

会津藩には河井継之助のような英雄こそいなかったが、白虎隊という十代の若者までが、新政府軍と戦い、そして、華々しく散った。

そんな歴史的なことも、私が、折戸修平に親しみを感じる理由の、ひとつだったのかもしれない。

折戸は、郷里の高校を、卒業すると、東京の大学に入った。その大学に、私もいたし、十津川という警視庁の、警部もいた。

初めて、大学で折戸修平に会った時、どうにも親しみにくい男だなと思った。折戸修平は、会津若松の生まれなのに、上京した後は、彼は一度も、郷里には、帰らない男だったからでもある。

大学の四年間も、そして、大学を卒業して社会人になってからも、折戸は、なぜか、郷里の会津若松には、帰らなかったのである。

その理由について、彼が、私に話してくれたことがある。

折戸は高校時代、一人の女子高生に恋をした。いわば、それが、折戸の初恋だったらしい。

初恋は、自分自身の、成長とともに、春の淡雪のように、消えてしまい、現実的な、恋をするものだが、折戸の場合は、違っていた。

私たちは、夢の中ではなく、現実に、生きている。そして、どこか、自分の歴史を、引きずっている。私は、昔から、どんな人を、尊敬するかときかれると、長岡藩の英雄、河井継之助の名前を挙げる。

だからといって、自分が、河井継之助のような生き方が、できるとは、思っていない。

河井継之助は、あくまでも、あの時代が生んだ、英雄なのだ。

今の長岡にいっても、確かに、河井継之助は、人気があるが、だからといって、彼と同じ、生き方をしようとする人は、ほとんど、いないだろう。それが、人間の知恵というものである。

ところが、折戸修平の場合は、そこが、少し違っていた。

その、違っていたのが、折戸の女性への思いなのだ。

彼は、今でも、白虎隊が好きだという。しかし、自分が、白虎隊のように生きられるとは思っていないし、白虎隊の幼さも、しっかりと批判している。

ところが、女性に対する、思いとなると、違うのだ。私から見れば、異常なのである。

小学生の時、私は最初、若い担任の、女性教師に憧れていた。それが、小学校の五、六年生に、なってくると、近所の家に住む同年齢の、女の子が好きになったり、あるいは、学校で机を並べる、静香ちゃんのことが、好きになった。

これは、おそらく、健康な普通の女性観ではないかと思うのだが、折戸の場合は、違っていた。

これは折戸が、私に話してくれたことなのだが、彼が、高校生の頃に好きになったのは、若い女性教師でもなく、同じクラスにいる同年齢の女子生徒でも、なかったという。

高校生の折戸が、好きだったのは、綾という女性だったと、いうのである。

綾は、高校生の頃、折戸のそばにいた女の子でもなければ、女性教師でもない。会津戦争の時、有名なのは、白虎隊だが、同時に、藩の若い女性たちが、娘子隊を、結成した。この娘子隊のことは、歴史的に、語られることが、少なかったが、総勢二十人余り、当時の会津藩の武士の娘たちが、自分たちも戦わなければならないとして、白鉢巻きを締め、たすきを掛けて、なぎなたを手に、勇敢にも、攻め寄せてくる新政府軍と戦った。この娘子隊のことは、最近になってやっと取りあげられるようになり、なかでも、特に、有名なのは、家老とも祐筆ともいわれている藩士の姉妹だった。

当時、会津藩きっての美人姉妹といわれた姉、行子、当時二十歳、妹、綾、当時十六歳。この二人も、娘子隊に参加し、白鉢巻きになぎなたを持って、攻め寄せてくる、新政府軍と戦った。

伝えるところによれば、新政府軍の兵士たちは、突然、目の前に現れた二十余名の娘子隊、特にそのなかの、姉、行子、二十歳、妹、綾、十六歳の二人の美しさに、一瞬、見惚(みと)れてしまったと、いわれている。

しかし、戦争は非情である。

たちまち、姉の行子は、新政府軍の弾丸に倒れて、戦死してしまった。

その後、自刃した娘子隊の隊員もいると、伝えられている。

また、この姉妹が、あまりにも美しかったために、白虎隊の隊士との間に、ロマンスが生まれていたと、唱える人もいるが、あの激戦のなかで、そういうことは、なかったのではないか？

折戸は、この姉妹、特に、妹の綾に、憧れてしまったといった。

ほかの男子生徒が、若い女性教師に、憧れたり、隣の机に座っている何とかちゃんに、憧れているうち、折戸は、一途(いちず)に、この歴史上の女性、綾に、憧れていたのである。

そして、彼が、高校三年の時の、白虎隊祭りで、市の公会堂で、私立の女子校の生徒たちが、それぞれ、白虎隊の隊士に扮して、剣舞を踊り、最後は、自刃する様子を、再現して喝采を浴びた。

そのなかに、ひときわ、美しい女子生徒がいた。その女子生徒が、当時、折戸と同じ十七歳、偶然かどうかはわからないが、名前も、折戸が憧れていた、美人姉妹の綾と同じ名前だった。

長瀬綾、旧家の娘だったという。

折戸は、自分の憧れが、ふいに、目の前に、現実となって、現れたとしか思えなかった。その女子生徒、長瀬綾のことが、好きに、なってしまった。

折戸は、彼女に、何通もラブレターを書いたという。電話もかけた。

しかし、まったく、相手にされなかった。この旧家出身の娘、長瀬綾は、高校を、卒業するとまもなく、親の決めた、これも、旧家の長男と、結婚してしまった。

折戸は、その現実に、絶望し、高校を卒業すると同時に、私と同じS大学に入学した。

最初のうち、折戸の性格や、過去がわからなくて、どうにも、つき合いにくい男だなと思っていたのだが、ここに、書いたように、彼が、過去を話してくれて、やっと、納得することができた。

それでも、折戸の、頑（かたく）なな性格というか、現実と歴史が、ごちゃ混ぜになったような、女性に対する憧れについて、私には、ついていけないものを、感じた。

私は、彼に、忠告したことが、ある。

「どうして、郷里に、帰らないんだ？　帰って、君が憧れた、長瀬綾さんに会って、少し遅れたけれども、おめでとうと、いってやったら、どうなのかな？　そうすれば、お互いに、スッキリするんじゃないのか」

折戸の答えは、簡単だった。

「俺は、歴史と、現実の会津若松に、裏切られたんだ。今さら、帰る気はない」

「君は、会津戦争の時の、娘子隊の美しい姉妹に憧れていた。特に、妹の綾さんのほうにね。しかし、それと同じ人が、現実に、現れたじゃないか？　君は、現実の長瀬綾さんのことが好きになったんだ。それは、実らなかったが、また、そういう人が、現れるんじゃないのかな？　そう思って、時々、会津若松に、帰ってみたらどうなんだ？」

私が、そういっても、折戸は、頑なだった。

「俺が高校生の時、長瀬綾が、現れたのは、おかしないい方だが、歴史と現実が一致したんだ。ああいうことが、二度あるとは、思えない」

「君の両親は、会津若松市内に住んでいるんだろう？　それに、君は一人っ子じゃないか。時には、会津若松に帰って、両親に、元気な顔を見せてやりたいとは、思わないのか？」

私は、そんなことも、いってみたが、彼の答えは、こうだった。

「両親には、時々、電話をしている。どうしても、会いたくなった時は、俺が旅費を送って、両親に、東京に出てきてもらっているんだ。だが、会津若松には帰りたくない」

と、主張するのである。

その頑なさに、私は、呆れていたが、そんな頑固な折戸という男が、好きでもあった。今の世の中、誰もが、簡単に、妥協してしまう。仕事でも、恋でも。そんな時代に、それが女性関係であっても、学生時代の、思いを持ったまま、大人になった、現在まで、ずっと気持ちを変えない折戸が、ある意味、うらやましくも、あったのだ。

大学を卒業して、お互いに、社会人になった。

その後も、折戸とは、つき合いを続けていたが、折戸は依然として、頑固に、郷里の会津若松には、帰ろうとはしなかったし、結婚もしなかった。

そんな折戸が、三十歳を、過ぎた時、一度結婚をした。その時、私は、からかい気味に、

「とうとう君も、普通の人になったじゃないか？　これで、子供でも生まれれば、君も普通のオヤジになるな」

と、いったのだが、折戸は、

「いや、違うんだ」

と、いった。

折戸の話によると、自分には、結婚をする意志が、まったくなかった。

ところが、会社の社長から、直々に、三十歳を過ぎて、一人でいると、社会的な信用

がなくなる。君は、うちの会社の大事な、社員だから、是非、結婚してもらいたい。結婚の相手も、私が、一応、選んであると、そういわれたらしい。

その時、折戸は、会社を、辞めようと思ったが、社長はいい人だし、首になりかけた時も雇い続けてくれた。それで、仕方なく、結婚したのだが、奥さんは、交通事故で死んでしまった。

事故死だから、別に、何ということはないのだが、折戸が、その時、ホッとしたような顔をしていたのが、私には、印象的だった。

「君は、愛のない結婚を、したのか？　それだったら、奥さんに、失礼なことをしたんじゃないのか？」

と、私は、いった。その時は、少しばかり、折戸の態度が、気に食わなかったからだ。

折戸は、その時、急に、涙を流して、

「家内には、申しわけないことをした。そう思っている」

その後、折戸の女性観は、ますます、頑なに、なっていったような気がしていた。

折戸に向かって、再婚を勧める人もいたが、折戸は、それを、すべて断っている。

「もうすぐ四十歳だぞ。このままで、いいのか？」

私も、自分の知り合いのなかに、未婚の女性がいたので、彼女を、勧めたこともあったが、それも、断られてしまった。

そんな折戸に、ある変化が生まれた。

折戸は、内緒にしていたが、郷里の会津若松に、帰ったのではないか？　そんな噂が、私の耳に、きこえてきた。

私と折戸には、共通の、友人がいる。同じ大学の卒業生なのだが、彼は、旅行好きで、たまたま、会津若松にいった時に、向こうで、折戸を見かけたというのである。

声をかけたが、向こうは、きこえなかったらしく、そのまま東京に帰る、列車に乗ってしまったと、その友人は、いった。

その後、折戸は、東京の会社を辞め、あれほど、嫌っていた、会津若松に帰ってしまっていたことがわかった。

私はすぐ、折戸の携帯に電話をかけた。私にも黙って、帰郷してしまったからである。私としては、その心境の変化を、折戸の口から、直接ききたかったのだ。

折戸の答えは、こうだった。

「母も歳を取り、一人で、父とやっていた店を続けていくのが、難しくなってきたので、その店を、閉店してしまった。ひとりぼっちになってしまったという連絡を受け、私もすでに四十歳。このまま母を、見捨ててはおけず、帰る決心をした」

こんな、もっともらしい返事を、折戸は、私にしたのだ。

私は、それ以上、突っ込んで、きくことはしなかったが、どこかおかしいと、感じた。

しかし、私が会津若松にいって、折戸の周辺を調べたら、折戸に、うるさがられるだろう。私は、そう思い、密かに、会津若松で、二人の私立探偵を雇った。

二人とも、若い私立探偵で、男性と女性である。その組み合わせのほうが、調べやすいだろうと、そう思ったからである。

私は二人と契約し、一週間ほど、折戸修平という人物の、周辺を調べて欲しいと頼んだ。

三日目に、最初の報告書が届いた。それには、こう書いてあった。

《折戸修平、四十歳は、現在、会津若松市内で、郷土料理店を閉店した母親、千加と二人で、マンション暮らしを、しています。まだ定職には、ついていません。

おそらく、今は、東京の会社を辞めた時の、退職金で、母親と二人で、暮らしているのだと、思われます。

彼は、毎朝九時には、マンションを出て、軽自動車を、運転して、どこかに、いくことがわかりました。その軽自動車を、尾行したところ、彼が向かったのは、会津若松市役所の前でした。

最初、市役所に、通っている人物を、特定して写真を写し、それで、何かをしているのではないか？　例えば、脅迫などを、しているのではないかと、思ったのですが、違っていました。折戸修平が、望遠レンズを使って、毎日狙っていたのは、市長の車でした。

　市長が公用車で、市役所を出てくると、折戸は、それを、カメラで盛んに、撮影しているのです。

　今の会津若松市長は、小島市長、年齢六十歳。市民には、評判のいい市長ですが、もちろん、妻子があります。

　よく見ていると、折戸は、リアシートに、座っている小島市長を、狙っているのではないことが、わかりました。かといって、運転手を狙っているのでも、ありません。二回三回と、折戸を監視していると、小島市長の、隣に座っている、女性秘書を写しているのだということが、わかりました。

　この女性秘書の名前は、長瀬奈緒、三十二歳、美人です。折戸修平は、明らかに、彼女を、カメラに収めているのです。市長が何かの行事で、例えば、市内の公民館などにいくと、折戸も、軽自動車で市長を追い、そして、ここでも、小島市長の隣にいる女性秘書をカメラに、収めていました。

　それから、長瀬奈緒の写真と、彼女の簡単な、履歴を同封しそちらにお送りします。

　長瀬奈緒、三十二歳。一度結婚したが、現在は夫と死別して独身。

　長瀬家は、会津若松の旧家で、姉の長瀬綾は結婚して、現在は、子供をもうけて、幸福に暮らしています。その姉の綾との間とは、かなりの年齢の、開きがあり、今も書いたように、現在三十二歳、女盛りというべきでしょうか》

これが、私立探偵からの、最初の報告だった。

私は、長瀬奈緒という、女性秘書の写真を見て、驚いた。

折戸が高校生の時に、恋をした相手、長瀬綾に、そっくりだったからだ。

しかし、それは、当然のことかもしれない。姉が長瀬綾、今、市長秘書を、やっている長瀬奈緒とは、姉妹だからだ。

それ以上に、私が、驚いたのは、折戸が、高校生の頃から恋をしていた、あの美貌の姉妹、会津戦争の時、白鉢巻きを締め、たすき掛けでなぎなたを持って、新政府軍と戦った姉妹、その姉妹の絵や人形は、今でも、白虎隊記念館に飾られている。その姉妹とそっくりだったからである。

私は正直にいって、その時、二つの感情に支配された。

折戸はよく、歴史と現実が、合致した女性、それが、高校生の時に出会った、長瀬綾で、だからこそ、恋をしたといっていた。

その折戸の言葉をきいて、そんな女性が現れるものかと、私は、思っていたのだが、ここにきて、また一人、長瀬綾の妹が、現れたのだ。

彼女は、長瀬綾と同じように、美しい。だからこそ、折戸は突然、東京を捨て、郷里の会津若松に、帰ったのではないか？

母のために帰ったと、折戸はいっているが、それは違う。彼の頭のなかで、高校時代の感情が、蘇ってきたのではないのか？　歴史と現実が合致した女性に、会えたという思いだ。

だからこそ、望遠レンズを持って、長瀬奈緒のことを、追いかけ回しているのでは、ないだろうか？　そんな女性に出会えて、よかったなという気持ちと同時に、何もなければいいがという不安な気持ちの、両方を感じた。

そこで、私は、長瀬奈緒というのが、いったい、どういう女性なのかを、調べることにした。

私立探偵からの報告は、その後も続いた。そうした報告を、受け取るたびに、私は、次第に、不安の気持ちのほうが、大きくなっていくのを感じた。そこで、探偵を三人にし引き続き調査を依頼した。

折戸には、頑固なところがある。女性に関して、純真なところもある。皮肉な見方が、できないのである。

ある有名な哲学者は、男についてこんなことを書いている。

「多くの男は、相手が、美しい女性だと、心まで美しい、頭もいいと、勝手に決めてしまう。そして、誤解を、続けながら、悲劇に陥っていくのだ」

その言葉がそのまま、折戸修平に、当てはまるかどうかは、わからない。

折戸は、学生の頃から、ひとつの、幻想を抱いて、女性を、見ていた。

折戸の、最初の女性への関心は、現実の女性ではない。会津戦争の時に、健気に戦った会津藩最高の、美女姉妹が、彼にとっての、最初の女性なのだ。その気持ちは、ずっと続いていて、高校時代、その姉妹と同じものを、現実の女子生徒、長瀬綾のなかに、発見した。本当に、発見したのか、それとも、彼の誤解だったのかは、わからない。

その恋は、長瀬綾の結婚によって破局を迎えてしまった。

折戸は絶望し、上京して、二度と、会津若松には、帰らない覚悟だった。

だが、今回また、折戸は、美しい女性を発見した。そして、恋をした。それは、構わない。男は、何度でも、恋をすべきだ。

しかし、折戸の場合は、今回も、現実と歴史とが、交錯した形で、新しい女性、長瀬奈緒に、その思いを、重ね合わせているとしか、私には思えなかった。

二十数年前、高校生の折戸は、一人の女子生徒のなかに、歴史上の美女と同じ美しさを発見したと思い込んだ。今度は、それから、すでに、二十数年がたっている。果たして、現実の女性、長瀬綾の妹、長瀬奈緒のなかに、折戸は、前と同じような、現実と歴史を通じての美しさを、発見したと思い込んで、いるのではないだろうか？

その女性が、折戸が、発見したと思う、美しさと、気品を備えているのならばいい。

しかし、そうでなければ、どうなるのか？

私は、その危険を感じ、あらゆる手段を使って、長瀬奈緒という女性のことを、調べることにした〉

その後、原稿は突然、小説の形に、変わっていく。


〈奈津子は、会津若松の、旧家に生まれた。女だけの三人姉妹、奈津子は、そのなかの、三女であった。次女が子供の時に、交通事故で亡くなってしまったので、二人姉妹になった。

姉の亜矢子とは、年齢が一回りほど違っている。その上、姉は美しく、賢く、高校時代には、男子生徒の、憧れの的ともいえる、存在だった。

亡くなった、祖母にいわせると、奈津子の家は、江戸時代、城代家老の要職にあって、その頃生まれた姉妹は、会津藩最高の美女姉妹といわれていたと、教えられた。

祖母の自慢は、わが長瀬家は、代々会津藩の城代家老で、会津戦争の時には、城の辰巳口を守って、新政府軍と戦い、負傷。その後、鶴ヶ城が落城した時には、自宅で、割腹自殺をしたというものだった。

奈津子は、子供の時、そういう話を、祖母から何回も、きかされていた。その頃、長女の亜矢子は、奈津子とは、一回りも歳が違っていたから、すでに高校生だった。そのせいか、祖母の話をきき流していた。

亜矢子は、祖母の、会津奮戦記について、どちらかというと、冷ややかな、理解の仕方をしていたように、思われた。

「歴史書を読むと、たった一カ月で、鶴ヶ城は落城している。それだけ、奥羽越列藩同盟というのは、新政府軍に対して、弱かったんだと思う。その時の会津藩は、明らかに、時代に、乗り遅れているわ。それが、明治時代になっても続いていた。そんなふうに、思うの」

姉は、妹の奈津子にいった。

それだけ、姉の亜矢子は、新し物好きだった。

そんな姉が、高校を卒業するとすぐ、父親が決めていた相手と、結婚するときいて、奈津子は、少しばかり驚いた。姉は、高田という会津若松では、大きな海産物問屋の一人息子と、結婚するのだという。

「親の決めた相手と、結婚をするなんて、お姉さんらしくないわ。お姉さんは、いつだって、会津の人たちの古さを、笑っていたじゃないの？　そんなお姉さんが、どうして、親同士が決めた結婚を、承知して、高田家の長男のところに、お嫁にいくの？」

奈津子が、きくと、亜矢子は、

「馬鹿ね」

と、笑った。

「どこが、馬鹿なの？」

「いいこと。恋愛結婚だって、つまらない男を、つかんでしまうことがあるわ。私が嫁にいく、高田家は、大きな商家だし、そこの長男の健一郎さんには、うるさいお舅さんも、去年、病死しているわ。あの家なら、財産もあるし、私がいけば、あの家の、主導権を握るのはそんなに、難しいことじゃないと、計算したから承知したの」

姉のいったことは、本当になった。

姉は、結婚した当初こそ、大人しくしていたが、その後、次第に、主導権を握っていき、子供が生まれた時には、すっかり、高田家の主になっていた。

奈津子は、そんな姉を、尊敬し、見習おうと考えた。

奈津子が、幼稚園にいく頃までには、両親は、奈津子と姉の亜矢子とは、性格も違うし、たぶん、これからの生き方も、違うだろうと考えていた。

亜矢子は、中学生の頃から、派手な感じで、よく、学校から帰ると、いつ入れられたかわからないラブレターが、カバンのなかに、何通も入っていたと、いわれている。

奈津子は、顔立ちも、姉に似ているし、スタイルは、むしろ亜矢子よりも、いいといわれていた。

しかし、地味な性格が、災いしてか、一日に何通も、ラブレターを、もらうようなことはなかった。そんな奈津子を、叱咤激励したのは、ほかならぬ姉の、亜矢子だった。

亜矢子は、無理矢理、大きな鏡の前に、奈津子を並んで立たせると、こういったのだ。

「鏡をよく見て。あなたと私は、そっくりな顔をしている。姉妹だから当然だけど、スタイルは私より、むしろ、あなたのほうが、いいじゃない。それなのに、どうして、あなたは、男の子にモテないのかしら？　なぜだかわかる？」

姉の亜矢子に、そうきかれて、奈津子は、戸惑った。

奈津子が、どう、返事をしていいのかわからず、黙っていると、亜矢子は、キッパリといった。

「それは、あなたに、自信がないからよ。あなたは、男の子から、好きだといわれると、一歩引いてしまう。それじゃ駄目なの。相手の男の子は、あなたのことを、奥ゆかしいなとは、思ってくれないわ。拒否されたと思うか、馬鹿に、されたと思ってしまう。いい？　何度でもいうけど、あなたは美人なの。美人は、自信満々に、生きていくほうがいいの。変に引いてしまったり、遠慮してしまったりする必要なんか、まったくないのよ」

高校に入る頃には、奈津子の性格は、自分でもわかるほど、変わってしまっていた。

姉を見習っていたから、こうなったのか？　それとも、奈津子自身、自分にも、姉と同じような派手な性格が、あったのかもしれない。

姉がいた時には、姉に遠慮をして、そうした性格を、隠していたのかもしれない。奈津子自身、そんなふうに思うようになっていった。

奈津子は、高校三年の時、男子生徒から、こんなことを、いわれたことがあった。

「昨日初めて、白虎隊記念館にいったんだ。そうしたら、君そっくりの人形と、絵が展示してあった。何でも、会津戦争の時に、十代の女性たちが、娘子隊を作って、なぎなたを振るって、新政府軍と、戦ったというんだ。二十人ぐらいの娘たちで、組織されていたらしいんだが、なかでも、会津藩最高の、美人といわれた姉妹が、その娘子隊に入っていて、彼女たちを絵に描いたり、あるいは、人形にして、記念館に、飾ってあったんだけど、それが、君にそっくりなんだ。美人で凜々しくて、気品があった」

そういわれて、昔の奈津子だったら、おそらく、

「そんなことは、ないわ」

と、引いてしまっただろうが、今の奈津子は、笑って、

「私も、あの記念館には、いったことがあるわ。そうしたら、館長さんから、君は、ここに飾ってある絵や人形の美人姉妹とそっくりだねといわれて、嬉しかった」

と、いった。

奈津子は、姉が、高校を卒業してすぐ、旧家に嫁いでいったのとは違い、福島県の、国立大学に入学し、四年間の大学生活を、送った。

大学では、キャンパスの女王にも、選ばれた。

姉の亜矢子は、高校しか、出ていないので、大学での、キャンパスの女王の経験がない。

（これで姉に勝ったわ）

奈津子はひそかに、乾杯した。

大学の卒業式の時には、姉の亜矢子が、嫁ぎ先から、わざわざ、祝いにきてくれた。そして、姉は、こういったのだ。

「今、奈津子ちゃんは、二十二歳でしょう？　今が、いちばん美しい時だから、高く売りつけなさいね」

「それは、金持ちと、結婚をしろということなの？」

「お金と名誉ね」

「じゃあ、お姉さんは今、その両方を、手に入れているわけ？」

「今、ウチの高田商店は、年商二百億円。いいところに、いっているわ。それに、商工会議所の副会頭を、主人がやっている。そのうちに間違いなく、会頭になるわね」

「それには、お姉さんの力が、あったというわけ？」

奈津子が、きくと、姉は、ニッコリと、笑って、

「ウチの主人は、いってみれば、平々凡々な男。人がいいのは、いいけれども、ライバルを、蹴落としても自分が偉くなろうという気は、あまりないの。だから、その点、私がいつも、主人の背中を、押している感じね」

大学を卒業した後、奈津子は、福島県下でいちばん大きいという、法律事務所に就職した。

しかし、奈津子には、そこで、勉強して、自分自身、弁護士か、検事になろうというつもりは、なかった。

県下第一の法律事務所だから、さまざまな事案を、扱う。そうしたさまざまな、事案のなかから、奈津子は、自分に相応しい、結婚相手を、探そうと思ったのである。

奈津子は二十七歳の時、その相手を見つけた。国土交通大臣を、やったことがある大木大吉の一人息子、大木敬太郎だった。

大木代議士は、大臣を辞めた後、福島県下で、不動産業をやっていたのだが、ある時、取引き相手から、詐欺で訴えられたのである。契約した代金の一千万円を、いつまでたっても、払ってくれないと、相手に、訴えられたのである。

その大木代議士の弁護を、引き受けたのが、奈津子の勤めている、小久保法律事務所だった。

大木代議士の一人息子、敬太郎は、この時、奈津子より、三歳年上の三十歳。父が大臣をやっていた、国土交通省に勤務していたが、父が訴えられた後は、役所を辞めて、父の秘書になっていた。

秘書だから当然、裁判の打ち合わせに、しばしば、小久保法律事務所を、訪ねてくる。それで、奈津子と大木敬太郎は、知り合いに、なったのだ。

何回か会っているうちに、大木敬太郎の、自分を見る目が、違ってきていることに、奈津子は気がついた。

だが、奈津子の方は、すぐに、親しい目では、相手を見なかった。どちらかといえば、事務的に、対応した。

そうしているほうが、自分を、高く売りつけられるし、父親の大木代議士も、自分に対して好意を持つだろうと、奈津子は、計算したのだった。

変に、ベタベタしていると、自分の息子には相応しくない女だと、思われてしまう。大木代議士が、一人息子の敬太郎に、自分の跡を継がせて、政界に進出させ、自分と同じように大臣にすることが、夢だと、きいていたからである。

そうだとすると、むしろ、可愛い女よりも聡明な女に見えるほうが、父親として、一人息子の嫁に相応しいと、思うのではないのか？

そうした、奈津子の思惑や、あるいは、芝居が成功して、ある日、大木代議士のほう

から、正式に、

「息子の敬太郎と、結婚してくれないか？」

と、いわれた。

姉の亜矢子は、奈津子の結婚に、大いに賛成してくれた。

「やったじゃない、奈津ちゃん。うまくいけば、あなた、代議士夫人になれるわ。もっとうまくいって、大木敬太郎さんが、総理大臣にでもなったら、あなたは、ファーストレディよ」

と、亜矢子は、いった。

奈津子の結婚は、誰からも、祝福された。奈津子も、結婚式の間中、将来を夢見ていた。

代議士夫人、そして、うまくいけば、ファーストレディにだって、なれる。そんなふうに、思っていたのだが、結婚した途端に、まずいことが、重なった。

最初は、大木代議士の突然の死だった。当然、大木代議士の死によって、福島一区に、欠員ができた。

そこで、一人息子の、大木敬太郎が立候補した。いわゆる、弔い合戦である。

しかし、大木敬太郎は、見事に、落選してしまった。いちばんの原因は、大木敬太郎自身に、人気がなかったからだった。

父親が、保守党の大物代議士だったこともあって、息子の大木敬太郎は、いつも、尊大に構えていた。虎の威を借る狐だという、悪口などが、保守党の間にも、広まっていて、なぜか大木敬太郎は、保守党の公認を、得ることができなかったのだ。

そんなこともあって、家業の、不動産業も斜陽に、なってしまった。

奈津子が、この結婚に求めた二つのこと、大金と名誉の、両方とも、失われてしまう結果になってしまったのである。

姉が心配して、電話をしてきた。

「これからどうするつもり？」

「もちろん、別れるわ」

奈津子は、あっさりといった。

「でも、うまく、別れられるの？」

「うまくやるから、お姉さんは心配しないで」

奈津子は、いった。

その後、大木家について、悪い噂が流れるようになった。

選挙で敗れた、大木敬太郎が、酒を飲むたびに、暴れる。妻の奈津子を、しばしば殴りつける。ドメスティック・バイオレンス、いわゆるＤＶである。

この事件に、興味を持って、地元新聞の記者が、奈津子のところに、訪ねてきた。

そんな時、奈津子は、しおらしく、

「主人が、選挙に敗れて、イライラしていることは、よく、わかるんです。私は、いくら大木が、暴力を振るおうと平気ですわ。きっと、私よりも、大木のほうが、辛い気持ちでいるのに、違いありませんから」

と、いった。

奈津子は、マスコミには、そういう、しおらしいことをいっておきながら、親しい人には、本当に、辛いのだと、密かに訴えた。

そうした奈津子の話は、保守党の、本部にも届いたのか、次の選挙でも、大木敬太郎を、公認しないと、決めてしまった。

それを耳にした、大木敬太郎は、ある日、首を吊って死んでしまったのである。

奈津子は、健気な、代議士候補の妻という、名をもらって、同情されながら、見事に一人になることができた。

大木敬太郎の葬儀は、父親の名声もあってか、盛大なものだった。

奈津子は、葬儀には、喪主として、出席した。葬儀を、きちんと済ませてから、一人になる。大木家から離れると、決めていたからだった。

葬儀の間中、奈津子は、悲劇の主人公を、立派に演じてみせた。誰の目にも、奈津子は、家庭内暴力を、振るう夫に、一人じっと耐えてきた健気な妻と、映ったに違いない。

葬儀の参列者のなかに、会津若松の、小島市長も、いた。小島市長は、その時、六十歳。妻もあり、子供はすでに、社会人になっていた。

市長は葬儀の間中、一人で、健気に取り仕切っている喪主の奈津子を、見て、ドキリとしたという。

よく、女性が、いちばん美しいのは喪服を着た未亡人の時だと、いわれるが、奈津子も、それを意識していた。しおらしく振る舞うことによって、自分が、誰の目にも、美しく見えると、奈津子は、読んでいた。

小島市長は、その奈津子の美しさに惹かれたのか、

「何か、困ったことがあったら、いつでも、お役に立ちますよ。だから、遠慮なくおっしゃってください」

と、声をかけてきた。

奈津子は、しおらしく、

「今は悲しみだけで、一杯ですけど、これからは、一人ですから、働かなければいけないんです。いわば、社会復帰をしなければならないのですけど、果たして、それが、できるかどうかが心配で」

とだけ、いった。

その後、三日たった時、小島市長から電話が入った。

「私は、政策秘書のほかに、個人的に、いろいろと、仕事を手伝ってくれる秘書が、欲しいんですよ。今、その席が、空いていますが、どうですか、奈津子さん、やってみる気はありませんか？」

後になって、小島市長の、私設秘書の椅子が空いているといっていたのは嘘で、前から小島市長の秘書をやっていた、四十歳になる女性を、あれこれ因縁をつけて、辞めさせてしまっていたということがわかった。そうやって、強引に作った椅子だった。

「私に、市長さんの秘書が、務まるでしょうか？」

奈津子がいうと、小島市長は、

「私の秘書が、どういう仕事の内容か、まず、あなたに、説明をしたい。それで、どうですか、今夜、夕食でもしながら、お話ししませんか？」

と、いった。

市長が案内したのは、会津若松市内でも、有名な、割烹料理店だった。そこが、宿泊もできる店だということは、奈津子も、知っていて、小島市長が何を企んでいるのか、簡単に察しがついた。

しかし、奈津子は、別に、怖いとも思わなかったし、そんな誘い方をする小島を、やっぱり市長も、ただの男かと、逆に軽く見て、承知した。

やはり結果は、奈津子が、想像したとおりだった。

食事の後、奥座敷で、市長と関係を持ったのだが、市長って意外に、可愛い人だなと、奈津子は、思っただけだった。

こういう市長なら、どうにでも、自由に操縦できると、自信を持った。これが奈津子の三十二歳の時だった。

市長の秘書になって、六カ月ほどたった時、奈津子の前に、妙な男が現れた。

年齢は四十歳くらい、パッとしない男だった。

その男が、やたらと、遠くから奈津子の写真を、撮っているのだ。前に、会ったことのない男だった。

その男のことを、電話で、姉の亜矢子に伝えると、亜矢子は、電話の向こうで、しばらく考えていたようだったが、

「年齢は四十歳ぐらいといっていたわね？　それで、痩せ型？」

「そうなの。でも、会津若松の人じゃないような気がする。小島市長の、秘書をやっているので、いろいろな会合に、出たりするんだけど、どこでも、この男に、会ったことはないのよ」

「おそらく、その人ね、折戸という人だと、思うわ」

「その折戸という人、お姉さんと、何か関係があるの？」

「私が高校生の時、同じ高校生だった人で、私に、やたらと、ラブレターをくれたり、

電話を、かけてきたりした人が、いたの。それが折戸という人よ。でも、私にとっては、まったく、魅力のない人だったから、一度も、ラブレターには返事を、出さなかったし、電話にも出なかった。たぶん、その人だわ。東京にいってしまったと、きいていたんだけど、帰ってきたんだわ」

と、姉が、いった。

「じゃあ、その人、お姉さんに、惚れていたんでしょう？　それなのに、どうして、私の写真を、隠れて、何枚も撮っているのかしら？」

奈津子がきくと、亜矢子は、

「たぶん、あなたが、私によく似ているからでしょうね」

それなら、あの男は、私のことが、好きなんじゃなくて、お姉さんのことが好きなんだと奈津子がいうと、亜矢子は、電話の向こうで笑った。

「その人ね、少しばかり、変なところがあるのよ」

と、いい、ちょっと間を置いてから、姉は続けて、

「あなた、白虎隊記念館に、いったことある？」

「ええ、二度ばかりいったことがあるけど、それが、どうしたの？」

「あそこに、美人姉妹の絵と、人形があるでしょう？」

「確か、お姉さんは、小さかった私にこういったわね。あそこに、いったら、館長さん

が、この人形も絵も、あなたに、そっくりだといって、誉めてくれたって」

「そのことが問題なの。折戸という人は、変な人でね。子供の頃、普通は、学校の若い先生や近所の女の子のことが、好きになるのに、歴史上のあの姉妹、会津戦争の時に新政府軍と戦った、あの姉妹のことを、好きになってしまったんですって。それで、高校の時、あの絵に似ている私のことを好きになったといって、ラブレターをくれたり、電話をかけてきたりしたの。このことは確か、あなたにも話したと思うんだけど」

「ええ、そのことなら、きいているわ」

「だから、折戸という人は、現実と歴史が、ごちゃ混ぜに、なってしまっているのよ。まず最初に、あの美人姉妹がいて、それに似た私がいて、私に似たあなたがいた。そういうことだから、折戸という人は、私でも、あなたでも構わない。つまり、会津戦争の時の、あの美しい姉妹に似ていれば、好きになる。そういう人なのよ」

と、姉は、いった。

「頭がおかしいの、その人？」

「頭が、おかしいわけじゃないの。どういったらいいのかしら、男性としては、あまり、パッとしないんだけど、東京の、S大を出ているし、頭は、いいと思うのよ。ただ、現代の福島県の女性たちも、会津戦争の頃のあの姉妹と同じように、美しくて、気品があって、健気な女性たちだと、思い込んでしまっているの。だから、あなたも、うまくあしらわないと、酷い目に、遭うかもしれないよ。今もいったように、そう思い込んで、近づいてくる男だからね。少しは怖くなった？」

「いいえ、大丈夫。怖くはないし、逆に面白いわ」

奈津子は、正直な気持ちをいった。

「どんなふうに、面白いの？」

「今、お姉さんのいうとおりだとすれば、あの男の人が、どんな手段を使って、私に、近づいてくるか？　それに、興味があるし、対応も簡単だから」

と、奈津子が、いった。

「でも、気をつけなさいよ。あの男とは、できれば、あまり、かかわらないほうが、いいと思うわよ」

と、亜矢子は、いって、電話を切ってしまった。

2

年が明けて、一月七日、市役所での、賀詞交歓会があった。それが、遅くまでかかって、小島市長が、自宅まで、奈津子を車で送ってくれることになった。公用車である。

その日は寒くて、夜になると、道路が凍って、アイスバーンになった。

ベテランの運転手は、慎重に車を運転していく。

しばらく走った時、突然、前方に人の姿が現れ、運転手は、慌てて、ブレーキを踏んだが、車自体が、スリップして、その人を、はねてしまった。

アッと運転手が叫び、リアシートに乗っていた小島市長は、

「まずいぞ」

と、声を荒らげた。

市長選挙が、六月に迫っている。当然、小島市長は、市長選挙に、出馬するつもりである。その選挙を目前に控えての事故だから、思わず本音が出て、まずいぞと、叫んでしまったのだろう。

そんななかで、秘書の奈津子だけが、落ち着いていた。

運転手が車を停めて、はねた人のほうに走っていく。秘書の奈津子も、運転手を、追いかけるようにして、走っていった。

倒れているのは、四十代と思える男だった。車のヘッドライトのなかで、その男の顔が浮かんだ時、

（あの男だわ）

奈津子は、直感した。

そして、次に思ったのが、

（わざと、車の前に、飛び出してきたんじゃないのか？）

と、いうことだった。

運転手が、しきりに、

「大丈夫ですか？　大丈夫ですか？」

と、声をかけ、

「申しわけありません」

と、繰り返していたが、起きあがった男は、意外に、元気そうだった。見たところ、怪我を負ったような、様子もない。

それを見て、奈津子は、自分の想像が当たっているのを感じた。

（この男は、はねられたのでは、ないのだ。はねられる瞬間、自分のほうから、道路に倒れたのではないのか？　だから、どこにも、怪我をしていないのだ）

しかし、この事故、芝居なのね、といってしまっては、身も蓋もなくなる。そこで、市長の秘書らしく、

「大丈夫ですか？　病院にいったほうが、いいんじゃありませんか？」

さも、心配しているように見せて、声をかけた。

小島市長も心配した顔で、車から降りてくると、

「大丈夫ですか？」

と、男に声をかけた。

男は、

「大丈夫です」

と、いった後、こんな、妙なことを口にしたのである。

「この事故のことは、内密にしませんか？　私もこのことが、公になるのは、嫌ですから。どうでしょう、お互いに、何もなかったことに、しませんか？」

と、市長に、いったのだ。

（計算している。この男は、絶対に何かを企んでいる）

と、奈津子は、思った。

この事故を忘れましょうといえば、市長が喜ぶことを計算しているのだ。そのとおり、小島市長は、喜んでしまった。

「そうしてもらえるなら、私のほうこそ、ありがたい」

と、小島市長は、いい、つけ加えて、

「もし、どこか、怪我をしているのなら、治療費は、もちろん、私のほうで、出しますよ。それから、そうだな。私は市長ですから、私に何かできることが、あれば、喜んでお助けしますよ」

とまで、いってしまったのである。

奈津子が笑ってしまったのは、その男が、次に、こんなことをいったからだった。

「もし、できたら、この女性秘書の方とつき合うのを、許可してくれませんか？」

市長に、いったのである。

市長は、困った顔をしていたが、奈津子は、笑いをこらえるのに、必死だった。

何もかも、この男が仕組んだことなのだ。目的は、奈津子と、つき合うこと。そのために、市長の車に、自分のほうから、ぶつかってきたに違いない。

そういってやりたかったが、市長の手前もあるので、黙っていた。

小島市長は、奈津子に向かって、

「君の気持ちは、どうなんですか？　この男性と、おつき合いしてもいいと、思いますか？　もし、君が嫌ならば、そのとおりにいいますから、正直に、いってください」

と、いった。

「私は構いませんわ」

奈津子は、あっさりいった。

姉にいわせると、この折戸という男は、少し変わった男らしい。いったい、どんなふうに変わっているのか、それを見てみたいと思ったのである。

二日後、姉の亜矢子が、久しぶりに、実家に遊びにきた。その時に、奈津子は、事故について、姉に話した。

「事故の瞬間は、さすがに、ビックリしたけど、はねた男の人が、お姉さんが知っている折戸という人だとわかった途端に、私ね、心のなかで笑ってしまったの。私と何とかしてつき合いたいものだから、市長の車の前に、体を投げ出して、事故を、でっちあげてしまった。お姉さんがいっていたように、変わっているけど、面白かった」

「それだけ？」

と、亜矢子が、きいた。

「ええ、それだけ」

「でも、つき合ってもいいと、市長にいったんでしょう？」

「ええ、いったわ。でも、それほど、魅力のある相手ではないと、きっちり計算しているから大丈夫よ」

「魅力のない相手なら、どうして、つき合うことを承知したの？」

「それは、小島市長さんに、恩を売ったわけ。私がうんと、いわなければ、おそらく、あの折戸という男は、事故のことを、マスコミに打ち明けようとするわ。そうなると、小島市長さん、困ったことになってしまう。人気が落ちて、次の選挙で、当選できなくなってしまうかもしれないから、私が、つき合ってもいいですよと、承知したら、本当に嬉しそうな顔をしていたわ」

「それで、これからどうするつもりなの？」

と、姉が、きいた。

「面白いから、しばらくの間、折戸という人とつき合ってみるつもりよ。嫌になったら、振ってしまえばいいんだから。小島市長さんは困るかもしれないけど、その時はその時だわ」

と、いって、奈津子は、笑った。

「本当に大丈夫なの？　厄介なことになっても、知らないわよ」

「大丈夫。あの男は、会津戦争で、戦った美人姉妹が、女性に対する愛の原点なわけでしょう？　それなら、彼を喜ばせるのも簡単だし、怒らせるのも、簡単だもの。ほんの少し、芝居すればいいんだから」〉

第五章　原稿2

1

原稿は、まだ続いていた。

〈小島市長から、突然、

「平井君のこと、どう思うね？」

と、奈津子が、きかれた。

平井というのは、市長の公用車の運転手である。

「平井さんが、どうかしたんですか？」

「いや、別に、どうしたというわけではないが、もう、彼も、今年で六十歳になる。一応、定年だ」

「でも、運転の技術は、まだ、確かだと思いますけど」

「確かに、まだ、運転の技術は衰えていない。平井君の運転は、私も、信頼しているんだが、一月七日に、人身事故を、起こしてしまったからね」

と、小島市長が、いう。

奈津子は、おかしかった。なぜなら、あれは間違いなく、折戸という男が仕組んだ、事故なのだ。

「待機中の平井君が、しきりに、目薬を差しているのを、見たという職員がいるんだ。それをきいて、少しばかり、考えてしまってね。そろそろ、運転手も、もう少し、若い人にしようかと、思っているんだ」

「平井さん自身は、どうなんですか？」

「自分ではまだ定年後も、市長の車を五、六年は、運転したいといっている。先日、彼の奥さんに、電話をしたんだ。君も知っているように、奥さんは、喜多方でラーメン店を、やっていて、これが結構、繁盛しているんだよ。まあ、別の用件で、奥さんに電話をしたのだが、奥さんは、こう、いっていた。店が忙しいので、できれば、主人に、定年後、店を手伝ってもらえればありがたい。そういっているんだ」

「私も、友だちが、喜多方にいるので、遊びにいった時、平井さんのラーメン店に、いってみました。確かに、お客さんが一杯で、繁盛していました」

と、いいながら、奈津子は、

(市長が、こんな話を、するのは、なぜかしら?)

と、首をかしげた。

明らかに、市長は、運転手の平井を、辞めさせようと、しているらしい。

しかし、平井を辞めさせて、市長は、いったい、どうするつもりなのだろう?

「平井君の奥さんの話を、きいたものだからね。このあたりで、そろそろ、平井君を、喜多方に帰らせて、店を手伝わせよう。そう、思っているんだよ。退職金だって、かなり出るだろうし、彼にとっても、そのほうが、いいんじゃないかな?」

小島市長が、奈津子に相談するように、いう。

「平井さんの後任は、もう、決まっているんですか?」

奈津子が、きくと、市長は、一瞬ためらってから、

「実は、君も、知っている折戸修平君が、現在、失業しているんだ。彼は、どんなことでもやるので、市で採用してくれませんかと、いってきているんだよ。車の運転ができるそうだから、平井君に代わって、彼を運転手として、採用しようかと思っている。折戸君はまだ四十歳だから、年齢的にも、いいんじゃないかと、思っているんだがね」

(そういうことなのか)

奈津子は思い、苦笑してしまった。

おそらく、折戸のほうから、小島市長に、車の運転手として、使ってくれといってきたのだろう。

「どうだろう？　君の意見をききたいのだが」

「折戸さんなら、賛成ですわ」

奈津子が、いった。

「そうか、君も、賛成してくれるか」

小島市長は、ホッとした顔になっている。

それから、事態は、バタバタと、進行した。

長年、市長の専属運転手だった平井は、退職して、喜多方に、帰った。

その代わりに、折戸修平が、市長専属の運転手に、なったのだが、一応、その採用に当たっては、形ばかりの面接があった。その面接に立ち会ったのが、小島市長と、秘書の奈津子だった。

「一応、決まりのようなものでしてね。そうだ、あなたの、モットーのようなものが、あったら、きかせて、もらえませんか？」

小島市長が、きくと、折戸が、答える。

「私は、この、会津若松の生まれです。小さい時から、白虎隊魂というか、会津魂が、好きでした。会津藩士が、藩校の日新館に入る時、誓う言葉が、ありますね。一、年長者の言うことに背いてはなりませぬ。二、年長者には御辞儀をしなくてはなりませぬ。三、嘘言(うそ)を言うてはなりませぬ。四、卑怯な振舞をしてはなりませぬ。五、弱い者をいじめてはなりませぬ。六、戸外で物を食べてはなりませぬ。時代遅れという人がいるかもしれませんが、私は、この条文が好きなんです。これを時々、読み返しては、このとおりに、生きたいものだと、そう、思っています」

「私ももちろん、会津魂のようなものは、好きですよ。私は、こういう規則を時代遅れなどとは、まったく考えません。というよりも、むしろ、今の若者に、最も必要なことじゃないかとさえ、思っているくらいですよ」

と、市長は、いってから、

「これで、あなたを、正式に採用します。頑張ってください」

2

翌日から、折戸修平は、小島市長の専属運転手として、市役所に、出勤することになった。当然、秘書の奈津子とも、話をすることが多くなった。

「小島市長が、教えてくれたんですが、あなたが、私の採用に、いろいろと、力添えをしてくださったそうですね。どうも、ありがとう」

「特別な、力添えをしたわけではありませんよ。小島市長さんから、あなたを、専属の運転手として、採用するつもりだが、どうだろうと、きかれたので、折戸さんなら、いいんじゃないんですかと、答えただけです。秘書の私に、職員の採用に関する権限なんて、ありませんから」

「でも、反対は、しなかったんでしょう？」

「ええ、反対は、しませんでしたわ」

「それだけでも、大いに、助かりましたよ」

折戸は、ニッコリした。

折戸が、市役所に、出てくるようになって、一週間目のことだった。

小島市長に、会いたいといって、金田という男が、市役所を訪ねてきた。ちょうど、市長は、会議に出席していたので、秘書の奈津子が、その男の、相手をした。

六十代の男で、名刺には「葵(あおい)企画　取締役社長　金田徳太郎」と書いてあった。

奈津子は、その顔に見覚えがあった。

奈津子は、一度、結婚をしている。相手は、大木敬太郎という名前で、保守党の有力な代議士の長男だった。

父の大木代議士が亡くなった後、大木敬太郎が立候補することになった。

奈津子の姉の亜矢子は、

「うまくいけば、将来、総理大臣、ファーストレディね」

と、からかい気味にいったが、なぜか、大木は、党の公認を、得られなかった。

亡くなった父親が、保守党の大物政治家だったのに、どうして、その息子が、公認を得られなかったのか？

それどころか、同じ選挙区に、保守党が、大木敬太郎のライバルを、擁立してきたのである。

その結果、大木敬太郎は、落選し、絶望のあまり、首を吊って、死んでしまった。

奈津子は、長瀬という旧姓に戻ったのだが、夫の大木敬太郎が死んだ直後には、喪主となって、葬儀をすべて取り仕切った。

大木敬太郎の父が、大物の政治家だったために、葬儀は盛大だった。政財界の大物も、たくさん参列した。

確か、そのなかに、今、目の前にいる、金田徳太郎もいたと、記憶している。

その時、葵企画というのは、どんな会社かときいたら、誰かが、その会社は、消費者金融をやっており、政界と結びついて、福島県下第一の銀行の資産を、超えていると、教えられたことがあった。

「大木敬太郎の葬儀では、お忙しいなか、参列していただきまして、誠に、ありがとうございました」

奈津子が、型どおりの挨拶をすると、金田は、ニッコリして、

「あの時は、盛大でしたなあ。あれだけ人が、集まるのに、どうして、大木敬太郎さんが、当選しなかったのか？　それが今でも、不思議でなりませんよ。保守党は、なぜ、公認しなかったのか？　お父さんの大木代議士は、ずいぶんと、保守党のために尽くしてこられたのにね」

「あの時は、私も、不思議でした」

「政界というのは、魑魅魍魎（ちみもうりょう）の集まりですからね。たぶん、お父さんのライバルが、陰で、コソコソ動いて、息子の大木敬太郎さんのことを、当選させるなと、仲間に指示したのではないかという、そんな、噂もあるんですよ」

「そうでございますか。しかし、もう私は、政治の世界に、首を突っ込むのはこりごりで、あの頃のことは、すべて忘れてしまおうと思っております」

奈津子が、いうと、金田は、じっと彼女の顔を見て、

「それにしても、あなたは、ますます、美しくなられた」

と、誉めた。

この日、金田と小島市長は、二時間近く話し合った後、市長は、会津若松市内で、いちばんの高級料亭といわれる店に、金田を案内した。もちろん、秘書の奈津子も、同道したし、市長の車を、運転したのは、折戸である。

料亭での夕食の時は、奈津子も同席したが、夕食の後は、小島が、彼女に、

「これから、金田さんと二人だけで、飲むので、君は、席を外してくれないか？　そうだ、折戸君のところにいって、あと一時間待つように、いってくれないか？」

奈津子は、料亭のなかの小部屋で、一人で夕食を取っていた折戸のところにいくと、

「市長が、あと一時間待っていてくださいって。市長は、金田さんを、家までお送りするつもりらしいわ」

「そうですか」

「折戸さんは、もう食事が済んだの？」

「ええ、済みました。しかし、秘書の仕事も大変ですね」

と、折戸が、いった。

「大変だけど、いろんな人に会える楽しみがあるわ。例えば、政財界の人とか」

と、奈津子が、いった。

一時間ほどして、市長と金田は、料亭の玄関まで下りてきて、そこで待っていた折戸に向かって、

「申しわけないね。こんな時間まで待たせてしまって」

と、いってから、金田は、自分の名刺を、折戸に渡した。

「私は、政治力などないが、金の都合なら、いつでも大丈夫だよ。もし、まとまった金

が必要になったのなら、遠慮なく、この名刺の電話にかけてきなさい」

と、いった。

その後、市長の車で、金田徳太郎の家まで送っていった。

千坪近い敷地の上に、城のような家が建っている。これが自宅で、葵企画の事務所のほうは、ＪＲ会津若松駅の近くに、ビルが建っていた。

葵企画のＡＴＭの機械は、福島県下に、今のところ二十六カ所あるということだった。月が代わると、小島市長は、県議会に、葵企画の支店を、あと五カ所、福島県下に開設することを提案した。

「現在、福島県下には、大手銀行の支店が三つありますが、県民が、預金を預けたり、下ろしたりするには、あまりにも、少なすぎます。しかし、大手銀行には、支店を増やす力がありません。そこで、葵企画に、要請したわけですが、県内の五カ所に、葵企画の支店ができれば、そこで大手銀行、あるいは、信用金庫などの、キャッシュカードも、使えるはずですから、県民の生活が大いに、便利になってくると考えています」

小島市長が、説明した。

これに対して、議員の一人が、反対した。

「葵企画というのは、社長が金田徳太郎という男で、いわば消費者金融でしょう？　大手銀行や信用金庫の支店が増えることは、結構なことだと思いますが、消費者金融の支店を、五カ所も許可して、市長は、いったい、どうされるのですか？」

「確かに、葵企画は、いわゆる、消費者金融ですが、しかし、法定の利息は、絶対に守る。もし、守れなかった場合は、潔く、県下の支店をすべて閉鎖する。そういう約束を、私と社長の金田さんとの間で、取り交わしていますから、議員が心配されているようなことは、絶対に、起こらないと約束できます。万一、起きたら、約束に、したがって、葵企画には、福島県下の支店をすべて、閉鎖してもらいますし、市長の私も、責任を取ることを、約束しておきます」

と、小島が、いった。

小島市長を、擁護する保守党は、県議会に過半数の議席は、確保していなかった。それで、野党側が結束すると、市長が提案した議案は、否決されてしまうのである。

県議会で、反対の先頭に立っているのは、新井という、四十代の若い議員だった。亡くなった父親も、県議会で、議長を務めていたほどの実力者だったから、四十代の若さでも、新井に味方をする者が、多かった。

次の日曜日の夜、自宅マンションでくつろいでいた奈津子に、電話が入った。

「覚えておられるかな？　葵企画の金田徳太郎ですよ」

と、男の声が、いった。

「もし、小島市長への、ご用でしたら、明日、出勤したら、市長に、お伝えしますが」

と、奈津子が、いうと、

「いや、是非とも、あなたに、お願いしたいことがある。どこかで、二人だけでお会いできませんかね？」

「明日は、出勤ですから、昼休みには、市役所の近くのレストランに、よく、食事にいくので、その時間ならば、お会いできると思います」

「そのレストランに、個室はありますか？」

「確か、二階に、あったはずですわ」

「じゃあ、明日の昼休み、そのレストランでお会いしましょう」

と、いって、金田は、電話を切った。

3

翌日、昼休みになり、金田と約束した、奈津子がいきつけの「レストランあいづ」にいくと、二階の個室で、金田が先にきて、待っていた。

食事をしながらの話になった。

「少しばかり困ったことになっておりましてね」

と、金田が、いった。

「それって、福島県下に、葵企画の支店を、五カ所出すという、お話なんじゃありませんか？」

「ええ、そうなんですよ。私としては小島市長の政治力で、何とかして、話を進めてもらいたいのですが、強力に、反対をする人間がおりましてね。残念ながら、なかなか、うまくいかないのですよ」

「確か、新井さんという、若い議員さんが、市長さんの、提案に対して、強力に、反対されているでしょう？」

「そうなんですよ。新井さんは、新風会という、若手議員のグループのリーダーをやっていましてね。この新風会に参加している議員の数が、五人ほどいて、それだけの数があると、議会のキャスティングボードを握れるんですよ。それで、新井さんに、反対されると、どうしようもなくなってしまう。こんなことを、秘書のあなたに話しても仕方がないのだが、何とかなりませんかね？」

「私は、議員でもありませんし、力なんかありません」

と、奈津子が、いった。

金田は、少しの間、何か考え込んでいたが、急に話題を変えて、

「JR会津若松駅の近くに、アルファ21という店が、あるんですよ。ビルの一階と二階を占めた、総合美容の店なんですけどね、ご存じですか？」

「名前は前から知っています。一度いってみたいと、思ってはいるのですが、何しろ、高級なお店ですからね。なかなかいけません」

奈津子が、苦笑すると、

「実は、あの店の、経営者は、五十二歳の、やり手の女性だったんですけどね。その女性経営者が、先月の末に、突然亡くなりました。私は、共同経営者の一人なので、彼女の代わりに、何とか素晴らしい女性社長が、迎えられればいいと、そう考えているのです。どうですか、やってみませんか？」

金田に、いきなりきかれて、奈津子は、ビックリした。

「いきなり、どうですかと、きかれても、困ってしまいますわ」

「実は、前々から、あなたに、あの店の、経営をやっていただけないかと、思っていたんですよ」

「私なんかには、とても、務まりませんわ」

「いや、そんなことはない。あなたは、頭がいいし、美人だし、経営の才能だってあるだろうと、私は、見ているんですよ」

「あるでしょうか？」

「もちろん、こうして、お話しするんですから、お飾りだけの社長には、なってもらいたくありません。私が欲しいのは、実務的な社長で、経営的な、才能のある人なんですよ」

金田は、いったが、奈津子は、それには答えず、じっと黙っていた。

「このアルファ21という店は非公開ですが、株があります。その四分の一を、あなたに、お譲りしたい。もちろん、無償でです。そうすれば、あなたは、実質的な店のオーナーになれますからね」

「でも、私は今、市長の秘書ですから」

「ええ、よく、知っていますよ。だから、最初は休みの時だけ、出社してくだされば、いいんです。そのうち、この会社が、気に入られたら、秘書を辞めて、社長業に専念してくだされば、いい」

と、金田は、いった。

奈津子は、大いに食指が動いた。

現在、市長秘書を、務めている。秘書といえば、きこえはいいが、給料は安い。

駅前の、総合美容室アルファ21が華やかにオープンした時のことを、奈津子は、よく覚えていた。その後も、順調に業績を伸ばしているらしい。

「私に務まるでしょうか？　それが心配です」

「もちろん、務まりますよ」

「でも、このお話って、ギブアンドテイクなんでしょう？」

「さすがに、あなたは勘がいい」

と、金田は、笑ってから、

「ひとつだけ、お願いしたい。さっきも、お話ししたように、葵企画の支店を、県下に五店作ることは、小島市長も賛成してくださっているのですが、新井という議員が、猛反対しているため、暗礁に乗りあげてしまっているんですよ。何とかして、そこをうまく、あなたの知恵と美しさで、解決してくだされば、私としては、嬉しいのです」

と、金田は、いった。

4

奈津子が、姉の亜矢子に電話をし、この話をすると、

「絶好のチャンスじゃないの」

「でも、社長になるためには、難しい、ギブアンドテイクがあるの」

「そんなこと、何とでもなるわよ。駅前のあの総合美容室は、私も、一度だけいったことがあるけど、それは大したものよ。これから、どんどん大きくなっていくんじゃないかしら？　その会社の社長になってしまえば、将来性、大いにありだわ。絶対に、引き受けるべきよ」

「でも、今もいったように、ギブアンドテイクなの。県議会が今、小島市長の提案に対して、ノーといっているんだけど、そのノーといっている、新井久という議員さんが、賛成すれば、市長が提案している議題は、簡単に通ると思っている。そうなるように、働いてくれといわれているのよ」

と、姉が、いった。

「それが、ギブアンドテイク？」

「ええ」

「あなた、今、いくつだっけ？」

「三十二歳だけど」

「女盛りじゃないの。それに、何回もいっているけど、あなたは、私より美人だわ」

「それって、どういう意味？」

「あなたの女の魅力で、新井という議員さんの気持ちを、賛成のほうに、変えさせることは、できないの？」

「色気で、新井議員の気持ちを変えさせようというわけ？」

「ええ、そうよ。新井という議員だって、男に、変わりはないじゃないの」

姉は、励ますように、いった。

「あなただって、このまま、市長秘書で終わるつもりは、ないんでしょう？　それなら、冒険をしてみるべきだわ。お金も地位も、向こうから、転がってきたというのに、ひるんでいたら、何もできないわよ」

亜矢子が、叱るように、いった。

「わかったわ。じゃあ、頑張ってみる」

奈津子が、いった。

姉との電話が終わると、奈津子はすぐ、金田徳太郎に電話をかけた。

「私、新井という議員さんに、会ってみたいと、思うのですけど、どこにいけば、新井さんと、個人的に、お会いできるでしょうか？」

奈津子は、金田に、きいてみた。

「市内のＳ通りに、五階建ての、細長いビルが建っているのを、知っていますか？　そのなかに宝石の専門店があって、少しばかり、高いものが、並んでいます」

「そのビルなら、知っていますわ。確か、ＡＹビルじゃありません？」

「実は、新井議員の奥さんが、宝石に関係した仕事を、していましてね。あの、細長いビルは、奥さんの、新井優子の所有しているビルなんですよ」

「それで、ＡＹビルというんですね？」

「ええ、そうです。一階から、四階までが、宝石や、ブランド物のハンドバッグや靴などを、売っていましてね。最上階の五階が、洒落(しゃれ)たクラブになっているんです。そのクラブには、議会がない時など、新井議員が、よくみえているときいています。奈津子さんには、そのクラブに、いっていただきたい。新井議員が、きている時に、私のほうから、連絡をしますから」

「五階のクラブは、誰でも入れるのですか？」

「ＡＹクラブの会員しか、入れません。入るには、会員カードが、必要なんですが、そのカードを、あなたのところに、すぐお届けしますよ」

その日のうちに、金田の使いの者だという若い女性が、ＡＹクラブの、会員カードを持ってきた。

5

それから、二日が過ぎて、午後七時頃、奈津子の携帯に、金田から、電話が入った。

「今、新井議員が、例のＡＹビルの五階のクラブに、きています。少なくとも、二時間ぐらいは、あのクラブで、過ごすだろうと思われるので、これから、ＡＹクラブに、いってもらえませんか？」

6

奈津子はすぐ、用意しておいた、胸の開いたドレスに着替え、自宅マンションに、タクシーを呼んだ。

「これから、勝負！」

という言葉が、ふと、奈津子の頭のなかに浮かんだ。

タクシーで、ＡＹクラブに急ぐ。

そこは、いわゆる、鉛筆ビルと呼ばれる、細長いビルだった。一階で、エレベーターに乗り、五階までいく。

クラブの入口で、会員カードを示し、なかに入って、カウンターで、カクテルを注文した。

その後で、店のなかを見渡すと、新井議員の姿があった。

若くて、背の高い女性が一緒だった。雰囲気から見て、どうやら、ホステスらしい。

おそらく、どこかで、友人の議員と一緒に飲んだ後、気に入ったホステスを、連れて、このクラブに、きたのだろう。

急に自己紹介をしても、新井議員は、こちらの話に、乗ってこないだろう。

しばらく考えてから、奈津子は、少し酔った振りをして、手にカクテルを持って、テーブルに、近づいていき、じっと、新井議員とホステスの顔を見てから、

「センス、悪いな」

と、いった。

新井は、ビックリした顔で、奈津子を見ている。ホステスのほうは、ムッとした顔だ。

「センスが、悪いって、私のこと？」

ホステスらしい女が、睨む。

「ええ、そう。あなたは美人だけど、こちらの男性とは、合わないわ」

「どうしてよ？」

「あなたは、教養がないから、こちらの男性とは合わないと、思うの」

「どうして、私に、教養がないとわかるの？」

「一緒にカラオケにいっても、せいぜい演歌を、歌うくらいのもんじゃないかしら？」

そんな会話を、新井議員は、ニコニコしながらきいていたが、急に、

「君は、演歌を、歌わないの？」

「ええ、歌いません」

「じゃあ、何ができるのかな？」

「向こうにあるグランドピアノ、弾いてもいいですか？」

「ええ、いいですよ。自由に、弾いてください」

と、新井が、いった。

7

奈津子は、グランドピアノの前に座ると、カクテルグラスを置いて、最初にベートーベンの「月光」を弾いた。

弾き終わると、新井が、

「素晴らしいなあ。もう一曲、きかせてもらえないかな」

奈津子は、新井に向かってうなずくと、今度は「ピアノ協奏曲」を弾いた。

弾き終わって、新井のほうを見ると、大柄なホステスは、すでに、いなくなっていた。おそらく、怒って、帰ってしまったのだろう。

奈津子は、新井のそばに腰を下ろして、

「ごめんなさい。可愛いホステスさんを、帰してしまって」

「いや、いいんだ。あのホステスは、若くて美人だが、賑やかすぎて、話が合わない。あなたのいうとおりだ」

「本当に、いいんですか？」

「構いませんよ。さっきから、あなたのことを、どこかで、見たことがあると思っていたのだが、今、思い出した。小島市長の、秘書さんでしょう？」

「ええ。でも、秘書の仕事って、時々、疲れてしまって、駅前にこういう楽しいクラブがあるときいて、飲みにきたんです」

「それなら、是非、ウチの常連に、なってくださいよ」

新井が、奈津子に、顔を近づけて、いった。

その夜、新井は、自宅マンションまで奈津子を送ってくれて、別れ際に、

「明後日の夜、どうですか？　あのクラブで、もう一度、会いませんか？」

と、誘った。

その日、市役所の仕事が、終わると、奈津子は、ＡＹクラブにいった。五階のクラブに入ると、新井は、先にきていて、カウンターで、飲んでいた。

奈津子が、カウンターに腰を下ろして、カクテルを、注文すると、ビールを飲んでいた新井が、奈津子の肩に手を回すようにして、

「どうですか、小島市長の秘書なんか辞めて、僕の秘書に、なりませんか？　給料は、今の三倍払いますよ」

「ありがとうございます」

「じゃあ、すぐ、決めてくださいよ。小島市長に退職願を出して、私のところにきて、

秘書になってください」

「でも、小島市長には、いろいろと、お世話になっていますから」

「それなら、何か、お返しをすればいい」

「そうですね。私も、できれば新井さんの秘書になりたいんですけど、お世話になっている小島市長には、何か、お返しをしてから、新井さんのところに、移りたいんです」

「何でも、いってごらんなさい」

「小島市長が、いちばん困っているのは、葵企画の支店を、福島県下に新規に五店出したいという提案を、議会に出したら、反対が強くて、実現性がゼロになっているんだと、きいているんですよ。小島市長は、本当に困っていらっしゃるようですから、その提案が通ったら、喜んで、新井さんの、秘書になりますけど」

　奈津子が、いうと、新井は急に、強ばった顔になって、

「それだけは駄目だ」

　と、大声を出した。

「駄目なんですか？」

「それだけは、どうにも、ならないよ」

「でも、市長さんが、提案するものには、賛成されたり、反対なさったりしているんでしょう？」

「確かにそうだが、あの案件だけは駄目ですよ。絶対に駄目」

「残念ですわ」

「僕の秘書になるという話は、どうなんですか？」

「新井さんご自身が、おっしゃったじゃないですか？　小島市長の秘書を、辞めるなら、何かお礼をしてからと、そう、おっしゃっていたはずですわ。それができなければ、私は、小島市長の秘書は、辞められませんわ」

そういって、奈津子は、席を立ってしまった。

8

奈津子は、考え込んでしまった。

新井が、あの件は、駄目だというのは、おそらく、新井を代表とする会派全員が、反対しているから、自分だけが、賛成するわけにいかない。そういうことでは、ないのだろうか？

このままでは、小島市長を助けることもできない。

そうなると、金田徳太郎のほうは、どうなのだろうか？

金田が、大変な資産家であるということは、テレビのニュースなどで見て、奈津子は知っている。金田自身、金で、解決がつくことならと、いっているのだ。

それができないからこそ、金田は、話を、自分のところに、持ってきたのだろうと、奈津子は考えた。

こうなると、やはり、相談できるのは、姉の亜矢子だけだった。

電話をかけた。うまくいかなかったことを話すと、

「新井議員は、どうしようもないほど、頑なに、できないといっているの？」

亜矢子が、きいた。

「そうなの。おそらく、同じ会派に属する議員たちを説得できないからだと、思うんだけど」

「あなたのいうことは、当たっているわ」

「だから、お金や、お色気で、どうにかできるという相手じゃ、ないみたいなの」

「私も、あなたの力には、なれないけど、一人だけ、助けてくれそうな人が、いるじゃないの」

「誰のこと？」

「あなたに、首ったけの折戸修平さん」

「でも、あの人は、市長の車の、単なる運転手よ。何の力も、ないと思うわ」

「だからいいのよ。折戸修平さんは、独身で、両親も、すでに死んでしまっている。仕

事といえば、市長さんの運転手。そんな仕事を失ったって、大した痛手にはならないはずよ。だから、あなたを、助けてくれるんじゃないかと、思うんだけど」

「一度会ってみるわ」

と、奈津子は、いった。

「いつもどおりの、市長さんを送る車のなかで、会うだけじゃ、どうしようもないわよ。もう少し、劇的な会い方をなさいな」

と、亜矢子が、いった。

「劇的な会い方って？」

「自分で考えるの。あなたの、問題なんだから」

9

その日、折戸修平は、市役所に、休暇届を出し、休暇を取った。折戸が午前十時に、向かったのは、母の墓がある清瀧寺である。

母の千加は、古風な、自害の仕方をして、死んでいたのだった。

今日は、月は違うが母が死んだ日だった。

折戸が、花と、水を入れた桶（おけ）を持って、母の墓の前にいくと、すでに、新しい花が、供えられていた。

(誰が、この花を？)

折戸が、考えを、巡らせていると、

「ご一緒に、お母様の、お墓参りをしてもいいかしら？」

という女の声がした。

振り向くと、そこにいたのは、長瀬奈津子だった。

「このお花、あなたが、供えてくださったのですか？」

「ええ、今日は確か、月が違うけどお母様の千加さんの、亡くなった日だと思ったので」

「ええ、そうですが、私より先に花が供えられていたのは、初めてですよ」

折戸は、感動した声で、いった。

二人で、母、千加の、お墓を掃除してから、帰ることになった。

寺を出て、すぐのところにあった喫茶店で、二人は、お茶を、飲むことにした。

コーヒーとケーキを注文したのだが、コーヒーが運ばれてきても、奈津子は、ただじっと黙っている。折戸が心配した顔で、

「何か、困ったことでもあるんですか？　それなら是非、話してくれませんか？　力になれるかどうか、わからないけど、僕にできることなら、何でもしますよ」

「私ね、小島市長さんには、ずいぶんと、お世話になっているんです」

「ええ、わかりますよ」

「その市長さんが、困っているので、私まで、何となく、暗い気持ちになってしまって。ごめんなさいね」

「確か、今、小島市長が、提案している議題は、福島県内に、葵企画の支店を、五店作る。そのことじゃ、ないのですか？　それが上手くいってないというのは、きいていますが」

「ええ、そのことなんです。新井という議員さんが、強力に、反対していて、その人のグループは、数こそ少ないんですけど、キャスティングボードを、握っているから、どうしようもない。市長さん、そういって、嘆いているんです。何とか、市長さんを、助けようと思って、私も、新井議員に、会ってみたのですが、駄目でした」

「あなたが頼んでも、駄目だったんですか？」

「ええ、新井議員のグループが、全員で五人だったかしら？　その五人が、反対しているんだけど、リーダーの新井議員がＯＫといえば、あのグループは、賛成に、回るんです。でも、私が、いくら頼んでも、女なんかの、出る幕じゃないといった感じで、相手にされませんでした」

奈津子は、下を向いた。

「奈津子さんが、いくら頼んでも、新井さんという議員は、ＯＫしなかったんですね？」

「今もいったように、女なんかのいうことは、きかない。そんな感じでしたわ。ああいう形で、軽蔑されたのが、私、とても悔しくて」

「あなたは、今日、私の母の、お墓参りをしてくれた。どうしてですか？」

「私ね、あなたの、お母様のような生き方が、好きなんです」

「僕の母親は、古風な女性でしたよ」

「だから、好きなんです。今の女性にはない奥ゆかしさがあって、そのくせ、激しい気性も、持っている。確か、お母様は、短刀で自害なさったんですよね？」

「ええ、そうです」

「実は私も、家に伝わる短刀を、持っているんです。いつか、何かあったら、その短刀で、あなたのお母様のように、自害してみせる。そう思っているんです」

　奈津子が、いうと、折戸は、急に、

「わかりました。あと三日だけ、待ってください」

「三日って？」

「三日以内に、私が、あなたの、希望を叶（かな）えますよ。だから、その三日間は、あなたも、小島市長も、例の議題については、何もいわないほうがいい。約束できますか？」

「ええ、約束できますけど」

「それでいい」

折戸は、自分に、いいきかせるように、うなずいた。

10

それから、四日して、小さな異変が起きた。

ここ四、五日、憂鬱な顔をしていた小島市長が、奈津子と顔を合わせると、

「例の議題、昨日通ったよ」

と、嬉しそうに、いった。

「例の議題って、葵企画の支店を、県内に五店出すという、あの、議題ですか？」

「今まで、新井議員と、そのグループが、強硬に反対していて、どうしようも、なかったんだが、昨日の議会で、突然、新井議員が、賛成に回ったんですよ。それで、すんなり通ってしまった。金田さんが、大喜びするだろうから、これから、連絡を取るつもりだ」

まるで子供のようにハシャいで、小島が、いった。

正直いって、奈津子には、何が起こったのか、わからなかった。

しかし、時間がたつにつれて、少しずつ、わかってきた。折戸修平に頼んだ時、あと

三日間だけ、時間をくれと、折戸は、いった。

今日は、四日目の朝である。

折戸修平が、何か、したに違いない。しかし、何をしたのか、見当がつかなかった。

金田徳太郎が、奈津子に電話をかけてきた。

受話器を取ると、いきなり、嬉しそうな声で、

「ありがとう。ありがとう」

と、連呼した。

その大声に、圧倒されて、奈津子が黙っていると、

「あなたのお陰で、懸案の、福島県下の支店五店が、許可になりましたよ。本当にありがたい。あなたに、何と感謝したらいいのか」

「でも、私が、何かしたんじゃありませんよ」

と、奈津子が、いった。

「じゃあ、いったい、誰がやってくれたんですか？」

「私も、新井議員に会って、頼んでみたのですが、駄目だったので、ガッカリしていたんです。そこで、折戸修平さんに、話をしたんです。すると突然、問題の、新井議員さんたちが、賛成に回ってくれて、私にも、何が起きたのかわからないんですよ」

「本当ですか？」

「いろいろと、想像はつきますけど」

「じゃあ、あなたと、折戸修平さんに、お礼をしなければいけないな。あ、それに、小島市長にもだ」

電話の向こうで、金田が、いう。

「福島県下の、五店の支店を作ることがうまくいったら、お礼をしてくださいな。もし、失敗したなら、何もいりません」

奈津子が、いった。

今日も市長は忙しい。陳情にきた客に会った後、市長が、奈津子に、

「あなたは、何を、やったんですか？」

と、小声で、きいた。

「新井議員にですか？」

「そうです」

「あれは、失敗でした。私のいうこと、何もきいて、くれないんですよ」

「それなら、どうして、今回は？」

「私の力では、ありません。折戸修平さんが、やったんです」

「折戸君が？　しかし、彼には、何の力も、ないんじゃ、ありませんか？　会津若松が郷里なのに、高校卒業後は、東京にいて、郷里には、ずっと、帰ってこなかったんでし

ょう？　だから、福島の政治家だって、知らないだろうし、金田社長のことだって、知らないはずですよ。それなのにどうして、大きな力になれたんですか？」

「その件は、私にも、わかりませんけど、私が、何とかしてくれと、頼んだのは、折戸修平さんだけ、なんですよ。その時、折戸さんは、三日だけ、待って欲しい。そうすれば、何とかする。そう、約束してくれました。昨日が、その約束の、三日目だったんです」

「そうすると、私から、折戸君に、お礼をいったほうがいいのかな？　それとも、いわないほうが、折戸君は、気が楽だろうか？」

「それは、わかりませんけど、今すぐお礼をいうと、勘ぐられてしまうかもしれませんわ。だから、少し、時間をおいてお礼をいえば、折戸さんは、喜ぶと、思います」

その後、奈津子の銀行口座には、突然、一千万円の大金が、振り込まれ、折戸修平の銀行口座にも、同じく一千万円が振り込まれた。

数日後の昼休み、奈津子は、折戸修平を喫茶店に誘い、

「私は、正直にいうから、折戸さんも、正直に答えてね。私の銀行の口座に、突然、一千万円という大金が、振り込まれたの」

と、いうと、

「僕の銀行口座にも、一千万円が振り込まれましたよ。これって、金田徳太郎さんのお

礼でしょうね？」

「ええ。ほかには、考えられない。お礼だと思って、私は、ありがたく、頂戴するつもり。この際だから、正直に、話してもらいたいんだけど、新井議員に、どんなことをしたの？」

と、奈津子が、きいた。

折戸は、考え込んでいたが、

「それって、いわなきゃいけませんか？」

「どうしても、嫌なら、構わないけど、私は、何があったか知りたいの。それだけ」

「実は、少しばかり、脅かしたんですよ」

と、折戸が、笑った。

「やっぱり脅かしたの？」

「ええ。でも、手荒なことは、何も、していませんよ」

「ヒントだけでも、教えてもらえないかしら？」

「そうですね」

と、折戸は、しばらく、考えていたが、

「子供っぽく、やったんですよ。まず爆弾を作って、自分の車で、新井議員を、拉致して、磐梯（ばんだい）の森のなかまで、連れていったんです。そして、爆弾を一発、爆発させましたよ。それだけで、新井議員は、すっかり、シュンとなってしまったんですよ。案外、あの議員、気が小さいんですね。いつもは、仲間に担がれているから、それで、威勢がいいんじゃないのかな？」

「そうだったの。意外に、気が小さいんだ、あの議員は」

「相手が、ビクついたのを見て、例の、葵企画の支店の件を、いったんですよ。あんたも、賛成したほうが、いいんじゃないのかってね。金田徳太郎社長だって、あなた方が賛成してくれれば、お礼は充分すると、そういっているんですよ。僕がそういったら、新井議員は、黙ってうなずいていましたね。声も出ないほど、ビクついてしまったんです」

と、折戸は、笑った。

11

その後、奈津子は、小島市長の秘書を辞め、金田徳太郎が、いっていた、駅前ビルにある、総合美容室の社長に、就任した。

それも、ただの、社長ではない。社内保有株の四分の一を、手に入れ、実質的な、オーナー社長である。

社長室の、ゆったりとしたソファに腰を下ろしていると、突然、ドアを押し破るようにして、折戸が、飛び込んできた。

そのまま、突っ立った姿勢で、睨むように、奈津子を見て、

「どうして黙って、市長の秘書を、辞めたんですか？」

「別に、あなたに、断らなければならない理由はないし、それに、個人的な理由で、辞めたんだから」

と、落ち着いた声で、奈津子が、いった。

「あなたは、僕に、あんな、危ないことをさせたんだから、市長の秘書を辞めたり、この総合美容室の取締役社長に、なったりする時には、僕に説明する義務が、あるんじゃないですか？　違いますか？」

「どうして、私に、そんな、義務があるのかしら？　私は、自分の人生を生きていくし、折戸さんは、折戸さんの人生を、生きていけばいいんだから」

「でも、あなたは、僕の母、千加のような生き方が、好きだといっていたじゃ、ありませんか？　あれは、嘘だったんですか？」

「あなたのお母様の、生き方というか、死に方は、もちろん、尊敬するわ。ああいう死に方を、したいとも思うけど、時代は変わっているのよ。あなたのお母様のような、生き方はできない。それが、現実というものでしょう？　あなただって、白虎隊の記念館

にいったりして、白虎隊の生き方を、尊敬しているみたいだけど、今、白虎隊と、同じような生き方や、死に方をできるなんて、考えていないでしょう？」

「しかし、あなたにだって、会津の魂が生きているはずだ。僕は今だって、白虎隊の気持ちでいる。奈津子さんも、娘子隊の気持ちで、いてくださいよ。その気持ちで、生きてきたんじゃないんですか？」

「でも、あなただって、今度は、人を脅かして、一千万円という大金を、手に入れたんでしょう？　そのどこが、白虎隊の、精神なのかしらね？」

と、奈津子が、いうと、折戸は、黙ってしまった。

そんな折戸に向かって、

「私は、楽しい、生き方しかしたくないの。怒ったりして、暗いものを、持ち込まれたりするのは、困るの。だから、帰ってくれないかしら」

折戸修平は、突然、立ったまま、泣き出した。

奈津子のほうが、呆気に、とられてしまっている。

折戸が、泣きながら、いった。

「僕だって、時代が、変わっていることは知っている。だから、白虎隊のように生きたいと願いながら、この歳になるまで、平凡な生き方しかできなかったんだ。ここにきて、やっと、子供の時から、女性はかくあるべきだと思っていた、その女性に、会えた。その女性が君だよ。美しくて、気品があって、いざという時には、命だって、惜しまない。そういう会津の女性に、憧れていたんだ。みんなが、そんな女は、いないといった。しかし、僕は、やっと、見つけた。それが君だ。それなのに、君は、僕を裏切るのか?」

「でも、私は、折戸さんのために、生きているわけじゃないわ。自分のために、生きているのよ」

奈津子が、負けずに、いい返す。

突然、折戸の手が伸びて、その伸びた手が、奈津子の頬を打った。そのまま黙って、折戸修平は、社長室を出ていった。〉

第六章　動機の問題

1

十津川は、佐伯の書いた原稿を持って、K出版の出版部長、小堺良二に、会いにいった。

小堺は、十津川の顔を見るなり、

「その原稿ですが、捜査の役に立ちましたか？」

と、きいた。

「その前に、あなたに、おききしたいことがありましてね」

「何でしょうか？」

「この原稿なんですが、佐伯隆太が何のために、書いたものなのか、おわかりになりますか？」

「彼が死んだ後、机の整理をしていたんですよ。そうしたら、机の引き出しのなかに、この原稿が、入っていたんです」

「本当に、そうだったんですか？」

「本当に、とおっしゃるのは、どういうことですか？」

「私が知っている、佐伯隆太は、意味もなく、こんな長い小説を書くような人間ではないんですよ。だから、何か目的があって、書いたに違いないと、考えているんです。出版部長のあなたが、佐伯に勧めて、書かせたのではありませんか？　それから、もうひとつ、いつだったか、佐伯は私に、作家になりたいといったことが、あるんですよ。上司のあなたが、佐伯隆太に、この小説を、書くように勧めたのではないか？　私は、そう思っているのですが、違いますか？」

重ねて、十津川が、きくと、小堺出版部長は、今度は、しばらくの間、黙っていたが、

「正直にいいましょう。彼は、私にも、いつでしたか、作家になりたいと、いったことが、あるんですよ。その時、私はいいました。君だって、この仕事を、やっているのだから、そんなに簡単に、作家になれないことは、よくわかっているだろう？　それでも作家になりたいというのなら、まず、書きたいことか、あるいは、描きたい人物が、いるかどうかを見極めることが、大切だ。君に、描きたい人物がいるのかときくと、佐伯は、こんなふうに、答えました。自分の友人で、こんな男がいる。会津若松に生まれた

友人で、未だに、会津魂というものを、持っていて、それを実生活でも、実践している。特に女性に対しての好みが、特別です。会津戦争の時に、白鉢巻きを締め、なぎなたを振りかざして、新政府軍に、切り込んでいった、女性がいます。当時、会津藩最高の美女といわれていた女性で、その時、戦死してしまうのだが、自分は、その女性に、ずっと憧れていた。三十歳を過ぎても、その女性に、憧れている。そういう男がいる。その男を、主人公にして書いてみたい。彼は、そういいましてね。私は、その話、面白いと思いましたね。小利口な、男ばかりが多くなっている今の時代、少しばかり、偏屈な男がいてもいいじゃないか、そう思ったものですから、もし、うまく書けたら、うちの社から、出版してもいい。そういったんです」

「それで、佐伯隆太は、折戸修平のことを、書き始めたんですね。しかし、佐伯は、それほど、会津にはいっていないはずなのに、どうして、小説が書けるほど、いろいろと資料を集めて、いたんですかね？」

「私が、書いてみたらと、いったら、佐伯は、私に、百万円貸してもらえないかといったんです。いったい、何に使うんだときいたら、自分は、自由に会津にいって、取材することができない。だから、自分に代わって取材してくれる人間を、雇いたい。できれば、男女二人雇いたいので、どうしても百万円がいる。何とか、百万円を会社のほうから、借りられませんかと、佐伯は、そういったんです」

「それで、貸したんですね？」

「ええ、貸しました」

「それで、佐伯は、どんな人物を雇って、調べさせたんですか？」

「詳しいことは、話してくれませんでしたが、会津にいって、若い男性と女性を一人ずつ、雇うことにした。内緒で、調べてみる。好奇心があって、その上、僕が書きたいと、思っている友人について、内緒で、調べてみる。そういう約束をしてくれたので、雇うことにしたと、佐伯は、いっていましたね。それで、その原稿が、できあがったんです」

「じゃあ、小堺さんは、原稿を、もう読んでいるんですね？」

「ええ、もちろん、読みましたよ。面白かったが、そのなかに、会津若松の、市長なんかも出てくるでしょう？　だから、モデルの問題もあるので、その点は大丈夫なのかをききました」

「佐伯は、どう、答えたのですか？」

「これをコピーして、モデルの人たちに見せてくる。そういっていましたね。その後で、佐伯が死んだと知らされたんですよ。ひょっとすると、この原稿が、彼の死と関係しているかもしれない。そう思ったんですが、まさか、僕が、警察に代わって、この作品の主人公を調べるわけにもいかないので、原稿を十津川さんにお渡しした。つまりは、そういうことです」

2

捜査本部に帰ると、十津川は、亀井に向かって、

「明日、私は、会津若松にいってみるつもりだが、カメさんも一緒にいってくれないか？」

「目的は、その原稿ですか？」

「佐伯が働いていた、K出版できいたら、佐伯は、この原稿のコピーを持って、会津若松にいって、折戸修平に会って、見せたらしいんだ」

「折戸修平は、それを読んで怒って、佐伯隆太さんを、殺してしまったと、警部は、考えて、おられるんですか？」

「その可能性は高いが、真実は、それほど、単純ではないだろうと、私は思っている。何といっても、佐伯は、小説として、これを書いているんだ。女性の名前も、変えてある。佐伯だって、これを、折戸修平に読ませる時、事実を書いたものだとは、いわなかっただろうと、思うんだ。あくまでも、小説として、読んで欲しい。そういったんじゃないのかな？　私としては、何とかして、折戸修平に会って、これを、どんなふうに読んだのか？　それを、きいてみたいんだ」

と、十津川は、いった。

翌日、二人は、会津若松に向かった。

会津若松に着くと、二人が、最初に訪ねたのは、会津若松署の小山警部だった。

「残念ながら、まだ、折戸修平は、見つかっていません」

小山警部は、申しわけなさそうな顔で、十津川に、いった。

「ところで、小島市長さんは、お元気ですか？」

「ええ、元気ですよ。新聞に、最近ちょっと叩かれましたが、平気な顔をしていますね」

「秘書の、長瀬奈緒さんは、どうですか？　相変わらず、市長の秘書を、務めているんですか？」

「ええ、市長の秘書として、彼女も元気にやっていますよ」

「相変わらず、美人でしょうね？」

「そうですね。歳を重ねるに連れて、だんだん、色っぽくなってきています」

「市長の愛人だというような噂は、流れて、いないのですか？」

「彼女が、市長の秘書になった直後は、いろいろと、噂になりましたが、最近は、ほとんど噂に、なりませんね。それがちょっと不思議なんですけど」

「まさか、市長が突然、謹厳実直に、なったわけじゃないでしょう？」

「市長は、今だって、仕事は、きちんとしますが、遊ぶ時は、かなり、ハメを外して遊ぶ人ですからね。ただ、市長が怖がっているのではないか？　そんな、気もしているのですが」

「市長が怖がるって、秘書の、長瀬奈緒さんのことをですか？」

「いいえ、そうじゃありませんよ」

と、小山は、笑って、

「今、十津川さんが捜している、あの折戸修平のことを、ですよ。彼は何といっても、事故に遭った時に、秘書の長瀬奈緒とつき合いたいと、市長に、いったくらいですからね。今、その折戸修平は、行方不明ですが、どこかで、長瀬奈緒のことを、見張っていて、市長が、ちょっかいを、出そうとするたびに、電話をかけてきて、手を出すなと、警告しているのではないか？　私は、そんな、気がして仕方がないんですよ」

「そうすると、小山さんの見たところ、折戸修平は、この会津若松からは、外に出ていない。この近くに、潜伏している。そう思っていらっしゃるわけですか？」

「ええ、あれだけ、長瀬奈緒に、気のある折戸修平ですからね。遠くには、いっていない。長瀬奈緒の、そばにいるはずだと見ています」

3

その後、十津川は、亀井と、市役所を訪ね、今も、市長の秘書をやっている、長瀬奈緒に会った。

応接室で、長瀬奈緒に会うと、十津川は、単刀直入に、

「この原稿を、今日、これから、読んでいただきたいのですよ。これは、あなたと、折戸修平、それから、小島市長のことが、書いてあるものなんです」

「でも、私には、秘書としての仕事が、ありますから」

「その点は、私から市長にお願いして、今日一杯、あなたに、仕事をさせないで欲しいといっておきます。とにかく、読んで、その感想をおききしたいのですよ」

と、十津川が、いった。

十津川と亀井は、夕方になると、もう一度、市役所を訪ね、長瀬奈緒に会った。

「先ほどお渡しした小説、お読みになっていただきましたか？　どんな感想をお持ちになりましたか？」

十津川が、きくと、奈緒は、はっきりと不快そうな表情になって、

「こんなデタラメを、書かれると、困りますけど」

「もちろん、これは、小説として書かれたもので、あなたの名前も、長瀬奈緒ではなくて、奈津子になっているし、お姉さんの綾さんのことも、亜矢子に、なっています。ただ、事実も書かれているんじゃありませんか？　特に、折戸修平と、あなたとの関係です」

「確かに、折戸さんのことは、書かれていますが、本当じゃありませんわ。私は別に、折戸さんと、つき合うと、約束したわけじゃありませんから」

「しかし、今年の一月の事故のことは、本当のことでしょう？　折戸修平に、車をぶつけてしまったと思った市長は、折戸を、運転手として雇ったし、その時、折戸修平は、秘書のあなたと、つき合わせてくれと、小島市長にいったんじゃないですか？」

「いいえ、そんなお話は、一度も、出ていませんわ」

「では、あなたは、折戸修平という男のことを、どう、思っていらっしゃるのですか？　つき合ってもいいと、思っていらっしゃる相手ですか？」

十津川が、きくと、奈緒は、

「いいえ」

とだけ、いった。

その短い拒否の返事が、かえって、十津川には、彼女の強い意志の表れのように、思えた。

次の日、十津川と亀井は、地方新聞社を訪ねた。

十津川は、まず、発行部数をきき、その新聞が、福島県下ではほとんどのホテル、旅館、民宿に、置かれているときいてから、

「おたくの新聞に、尋ね人の広告を出したいのです」

と、いった。

「それならば、原稿を書いてください」

と、デスクが、いった。

十津川が、書いた尋ね人の原稿は、次のようなものだった。

「修平へ。一度、どうしても、会いたい。電話連絡を頼む。こちらは、必ず一人でいく。十津川」

そして、自分の携帯の電話番号を、最後に書き添えた。

その地方新聞社を出ると、今度は、会津若松駅近くの、雑居ビルに入っている私立探偵社を訪ねた。そこは、福島県下では、最も大きな探偵事務所と、いうことだった。

受付で、十津川は、警察手帳を見せてから、

「こちらで、最近、東京の佐伯隆太という人から、調査を頼まれたと思うのですよ。その調査を、実際にやった人に、会わせてもらえませんか?」

十津川が、いうと、警察手帳のせいかその探偵社の所長は、あっさりと、うなずいて、

「その調査は、確かに、引き受けました。ウチでは、若手の、男性社員と女性社員のコンビで、その調査を、やらせました。二人をここに、呼びますから、直接おききになってください」

二十代後半の、男女の探偵を呼んでくれた。

「確かに、その調査を、引き受けて、二人でやりました」

と、男が、いった。

女の探偵が、それに、つけ加えて、

「調べてもらいたいという相手は、会津若松市の小島市長、市長の女性秘書、長瀬奈緒、それから、最近、市長の車の専属運転手になった折戸修平という男女三人なんです。内密に、やって欲しいと、そういわれました。こちらが、難しいというと、うまくいったら、その分の割増し成功報酬を、払うからと、いわれました。依頼主は、東京の人なので、調査を、開始してからは、調査報告書を、送っていました。ちょうどその頃、市役所が、パートの職員を募集していたので、私が、それに応募して、なかに入って調べることができました」

「僕は、あくまでも、外から、彼女と連絡を取りながら、指定された、この三人について、調べていきました」

と、男の探偵が、いった。

4

地方新聞に、尋ね人の広告を、出してから、丸二日を過ぎても、折戸修平からは、連絡がなかった。その間、十津川と亀井は、会津若松のホテルで、過ごした。

三日目の朝になって、やっと十津川の携帯が鳴った。

「折戸か？」

と、きくと、相手が、

「ああ、そうだ」

と、答えた。

「君に、どうしても、会いたいんだ。会って話をききたい」

「別に、俺のほうは、警察の人間と、話す気はないよ」

素っ気なく、折戸が、いう。

「しかし、電話をしてくれたんだろう？　私は別に、君を逮捕したくて、会津若松にきたんじゃないんだ。殺された、佐伯隆太の書いた原稿を、手に入れた。それは君や市長や、あるいは、長瀬奈緒のことを書いた、小説の形態になっているので、全部が真実だとは思わない。ただ、どの程度、嘘があるのか？　それから、これを読んだ時、君が、どう思ったのか？　それをききたいんだよ。どこかで、二人だけで、会えないか？」

「本当に、俺のことを、逮捕しにきたんじゃないんだな？」

「逮捕なんか、しないよ。第一、君が佐伯を殺した証拠など、何ひとつないからいくら逮捕したいと思っても、逮捕できないんだ。とにかく、君の話を、ききたい。私たち三人は、友達だったじゃないか？　そのなかの一人が、死んだんだ。それについて、君の気持ちを、ぜひとも、きかせてくれないか？」

「飯盛山に、登ったことがあるか？」

と、折戸が、きく。

「ああ、一度だけ、登ったことがある」

「それじゃあ、飯盛山の、白虎隊士の墓のあるところで、明日の、午前八時に会おう。それでいいか？」

「ずいぶん早いな」

「人がこない時に、会ったほうがいいと思っている。だから、午前八時だ。駄目なら、そういってくれ」

「わかった。明日の午前八時、飯盛山、白虎隊士の、墓の前だな」

十津川が、そういっている間に、電話は切れてしまった。

翌日、十津川は、亀井を、ホテルに残して、一人、飯盛山に、登っていった。曇っていたせいか、寒かった。

まだ、人の気配はなかった。

白虎隊士の墓が、ズラリと、並んでいる。それぞれの墓に、名前と、亡くなった時の歳が書かれている。十六歳と十七歳、その若い数字が、十津川を、圧倒した。

ふいに、人の気配を感じて、十津川は、墓石から、目をあげた。
五、六メートル先に、折戸修平が、一人で立っていた。
十津川のほうから近づいていくと、

「本当に、俺を、逮捕しにきたんじゃないんだな?」

「逮捕したくても、現在までの、証拠じゃ、君を、佐伯の殺人容疑で、逮捕はできない。私としては、とにかく、話をききたいんだよ。君の気持ちが知りたいんだ」

「知って、どうするんだ?」

「君の気持ちが、わからなければ、死んだ佐伯の気持ちも、わからない。だから、君と話をするために東京からやってきたんだ」

「それで?」

「自分として納得したいんだよ」

とだけ、十津川は、いった。

二人は、会津若松の町が、見下ろせるところまでいき、そこに、置かれたベンチに、腰を下ろした。

「三月五日の夜に書かれた、佐伯からの手紙があってね。これから、君が会いたいというので、会津若松に、いってくる。そういった手紙を書いて、佐伯は君に、会いにいった。そう思っていたんだ。しかし、今は、君が呼んだのではなくて、佐伯のほうから、君に会いにいった。自分の書いた原稿を、君に、見せようとしてだ。そして、君に見せたんだろう？　それで、読んだのか？」

「ああ、読んだよ」

「どう思った？」

「あれは、全部デタラメだ」

折戸は、叫ぶように、いった。

「そのことを、佐伯にいったのか？」

「ああ、いった」

「それで、佐伯は、どう返事をしたんだ？」

「あいつは、笑ったよ」

「笑った？」

「ああ、笑ったんだ」

「それだけか？」

いだろう？　事実なら、君を傷つけたり、あるいは、君の彼女を、傷つけたりするから、考えるが、本人である君が、嘘だというのなら、こちらも、安心して本にできる。佐伯は、そういった」

「それで、君は、佐伯に、何といったんだ？」

「そんなにまでして、作家になりたいのかと、きいたよ」

「それで、佐伯は、何といった？」

「ああ、作家に、なるつもりだ。本ができたら、君にも、献本するよといった。だから、俺は、いった。人間は、事実だけに、傷つくものじゃない。時には、事実ではないことのほうが、余計、傷つくとね」

「それで、佐伯は、出版を、思い留まったのか？」

「いや、佐伯の奴は、また笑ったんだ。そして、こういった。君だって、作家というものが、どういうものかぐらいは、わかるだろう？　作家は、自分の書きたいものがあれば、それを書く。その結果、傷つく人がいたとしても、書くべきこと、書きたいことは、書くんだ。そうしなければ、何も書けなくなる」

「それで、君は納得して、仕方がないと、思ったのか？」

「俺は、こういったよ。俺自身が傷ついても構わない。しかし、彼女が、傷つくのは許せない。そういった」

「本当に、君は、そう思ったのか？」

十津川が、いうと、折戸は、エッという顔になって、

「なぜ、そんなことをきくんだ？　俺が嘘を、いっていると思うのか？」

「いや、嘘をいっているとは、思わない。今、君は、佐伯の原稿に対して、デタラメだと、怒った。しかし、君が、長瀬奈緒と知り合うきっかけになったのは、一月七日の自動車事故だ。あれは、佐伯が、書いたように、偶然の出来事ではなくて、君が、仕掛けたことじゃないのか？」

「だから、どうだというんだ？　君は、佐伯の味方なのか？」

「いや、そうじゃない。君は今、あの原稿を本にするのは困る。それは、自分が傷つくからではなくて、長瀬奈緒が、傷つくのが困るんだと、そういったが、少しばかり、きれいごとに、すぎるんじゃないのかね？」

「どこが、きれいごとなんだ？」

「君が今、いちばん、恐れているのは、彼女を失うことだろう？　君は、あの原稿が本になることよりも、その結果、彼女を、失うことが怖いんだ」

「ああ、そうだ。怖いさ。彼女が、デタラメな話で、傷つくことが、見過ごせないんだよ。だから、佐伯に、やめろといったんだ。何も、自分のためだけに、いったんじゃな

い」

「だから、佐伯を殺したのか？」

「いや」

強い調子で、折戸は、首を横に振った。

「じゃあ、殺していないんだな？　それを確認したい」

十津川のその質問に、折戸は、答えようとは、しなかった。

長い沈黙に、なった。

十津川は、きくべきことは、すべてきいたような気もしたが、逆に、肝心なことは、何ひとつ、きいていないような気もしていた。そして、きいていないことを、ひとつだけ、思い出した。

「最後にひとつだけ、きいておきたいことがあるんだ。私は、この原稿を、先日、長瀬奈緒さんに見せたが前にも佐伯が、彼女に見せているんじゃないのか？」

「そのことについては、俺は何も知らない」

と、折戸が、いった。

「佐伯は死んだんだから、どうせ本にはならないだろう」

「いや、K出版の小堺出版部長が、本にするかもしれない。この原稿だが、佐伯は、パソコンを使って書いている。だから、やろうと思えば、何部でも、コピーできるんだ。

佐伯は、そのK出版の出版部長から、もし、モデル問題が、取りあげられて、告訴されると困るから、一応、了解を取ってこい。そういわれて、佐伯は、三月六日に、こちらに、きたんだ。モデル問題を起こす人間といえば、この作品のなかには、三人しかいない。君と長瀬奈緒さんと、そして、小島市長だ。K出版の出版部長に、そういわれて原稿を持ってきたとすれば、佐伯は、君だけではなくて、その時長瀬奈緒さんと、市長にも、コピーした原稿を見せていなければ、おかしいんだ」

「そんなことは、俺は知らん。佐伯が、俺に見せたから、俺の意見を、いっただけのことだ」

「佐伯と最初に会ったのは、正確には、いつなんだ？　佐伯は、三月五日の夜、東京を出発している。だから、君に会ったのは、早ければ、翌日の三月六日ということになってくる。六日の何時頃に、会ったんだ？」

「俺を訊問（じんもん）しているのか？」

「いや、そうじゃない。ただ、本当のことを知りたいだけだ」

「本当か？　ただ、俺のことを、逮捕したいだけなんじゃないのか？」

「最初にもいったように、私は、君を逮捕にきたわけじゃない。佐伯が書いた原稿について、これは、本当のことなのか、それとも、デタラメか、それが知りたくて、やってきたんだ。君にきいたら、デタラメだという。私は、君の言葉を信用するよ。常識から考えれば、佐伯は、この原稿のコピーを小島市長や、長瀬奈緒さんにも、見せているはずだ。その時はまだ、君は、姿を隠さず、市役所で、小島市長の、専属運転手として働いていたから、佐伯は、簡単に、君に連絡が取れただろう。小島市長にも、長瀬奈緒さんにもだ。だとすれば、当然、原稿を、見せたはずだ。その結果を、君が知らないというのは、おかしいじゃないか？」

「知らないものは知らないんだ。もう、それ以上いうな」

折戸は、突然、立ちあがった。

十津川は、自分に向かって、背を見せた折戸に、

「最後に、これだけは、正直にいってくれ。君が、佐伯を、殺したのか？」

その質問に、折戸の答えはなかった。

5

その日の午後、十津川は、今度は、亀井を連れて、もう一度、市役所に、出向いていった。

今度は、市長の小島に会った。

単刀直入に、

「もう一度、秘書の、長瀬奈緒さんにおききしたいことがあるので、市長から彼女に、私たちに、会うようにいってもらえませんか？」

「時間は、長くかかるのですか？」

「いや、それほどはかかりません。一時間もあれば充分です」

長瀬奈緒とは、前と同じように、市役所の応接室で会った。

「ひとつだけ質問しますから、それに関して答えていただければ、私たちは、すぐに帰ります」

と、十津川が、いい、亀井が、例の原稿を奈緒の前に置いた。

「この原稿を、先日お見せしましたが、実は、作者の佐伯は、三月六日に、あなたに、会ったんじゃありませんか？」

「いいえ、そんな人に、私は、会っていませんけど」

奈緒が、怒ったような口調で、いう。

「よく、思い出してください。いいですか、三月六日ですよ。私は、佐伯がこの原稿を持ってここにきて、あなたに、読んで欲しいといって、その原稿を渡したと、思っているんです」

「私が、三月六日に、この原稿を読んだという、何か証拠でもあるんですか？」

「今もいったように、この原稿を書いた男は、私と、折戸修平の大学時代の友人でしてね。K出版に勤めていて、小説を書いてみないかと、そういわれて、佐伯は、自分がいちばん興味を持っている男を、主人公にして、小説を書いてみようと、思ったんですよ。それが折戸修平です。そして当然、折戸修平のことを書けば、あなたも出てくるし、市長さんも、出てくる。そして、その原稿を出版部長に、見せたところ、もし、モデル問題が起きると困るから、まず、この小説に登場している三人に、原稿を見せて、許可を、もらってこい。そういわれて、佐伯は、三月六日に、ここに、きたはずなんですよ。だから当然、あなたにも市長にも、感想をきいたはずなんです。三月六日に、こちらにきて、佐伯は、あなたにこの原稿を見せた。違いますか？」

十津川は、まっすぐに、奈緒の顔を見ながら、きいた。

奈緒は、すぐには答えず、しばらく考えていたが、

「折戸修平さんは、いつこの原稿を読んだと、いっているんですか？」

と、逆に、きき返してきた。

「折戸は、三月六日に、読んだといっていましたよ」

「それで、折戸さんは、ここに書いてあることは、全部、デタラメだと、いったんじゃありません？」

「確かにその時、折戸は、デタラメだと、作者の佐伯にいったそうです」

「それなら、それで、いいじゃありませんか？」

「何がですか？」

「この原稿ですけど、主人公は、あくまでも、折戸修平さんなんでしょう？　その人が、デタラメだといったんだから、デタラメなんじゃないですか？　ほかに何か、問題が、あるんですか？」

突っ慳貪に、奈緒が、いう。

「しかし、折戸修平は、あなたが、この原稿で、傷つくことを恐れて、わざと、佐伯に、デタラメだといったに、違いないのです」

十津川が、いったが、奈緒は、黙って、十津川を、見ている。

「折戸修平は、デタラメだといった時、本当にデタラメだとは、思っていなかった。むしろ、本当のことが、書いてあったので、これはデタラメだと、いったんだと思いますよ。それで、あなたから見て、どうなんですか？　この小説は、嘘ばかりですか？　それとも、事実が書いてありますか？」

「それは、先日、お答えしました。それに、この原稿を書いた佐伯さんは、もう亡くなったんでしょう？　だとしたら、本になることも、ないでしょうし、これで、お終いなんでしょう？　それなら何も、私や、市長の感想を、きいたりすることは、ないじゃありませんか？」

「いや、K出版が、本にするかも、しれません。そういう話も、出ているのです」

「どうしてです？」

「主人公の折戸修平という人間も面白いし、折戸が一途に愛しているあなたにも、興味がある。だから、K出版は、これを本にするかもしれませんよ」

「出したいのは、K出版よりも、十津川さんじゃないんですか？」

「どうして、私が、この本を、出したいと思うのですか？」

「おそらく、犯人を、逮捕するため」

と、奈緒が、いった。

「やっぱり、あなたは三月六日に、佐伯に会った。そして、この原稿を、読むようにいわれたんだ。そうなんでしょう？」

「十津川さんって、なかなか面白い刑事さん」

奈緒が、急に、微笑した。

十津川は、一瞬、肩すかしを食らったように、心に動揺が生まれた。

この微笑は、何なのだろう？　何か、下手（へた）なことを、いってしまったのではないのか？

十津川は、質問をかえた。

「最近、折戸修平に、会いましたか？」

「前にもお答えしましたけど、全然会っていません」

と、奈緒が、いった。

6

十津川と亀井は、最後に、市役所での仕事を終えて、帰ろうとしていた、小島市長に会った。ちょうど、午後六時に近かったので、

「ご一緒に、夕食でも、どうですか？　食事をしながら、ゆっくりと、市長さんに、お話をおききしたいことがありまして」

十津川が、いうと、市長は、笑って、

「そうですね。あなたには、市長選挙の投票権は、ないから、一緒に、食事をしても構わんでしょう。私が、郷土料理の、旨い店に、ご案内しますよ」

郷土料理の店に入り、その店の、二階の個室で、夕食を取ることになったが、十津川は、わざと、テーブルの上に、例の原稿を、置いてから、市長に、話をきくことにした。

「市長は、佐伯隆太という男をご存じですか？　私は、折戸修平とは、大学の同窓ですが、佐伯も、同じ仲間なんです」

市長は、案の定、チラチラと、テーブルの上に置かれた原稿に、目をやっている。

「佐伯隆太さんですか？　こう見えても、市長というのは、毎日、何人もの、いろいろ

な人に会うんですよ。挨拶されて、名刺をもらっても、なかなか、その名刺の名前が覚えられない」

と、小島は、いった。

「佐伯は、今もいったように、私や、折戸修平の大学の同窓で、先日、東京で、殺されました」

「そうですか、殺された方ですか。刑事というのは、大変ですね。特に、十津川さんは、警視庁捜査一課の、刑事さんだから、殺された人間や、殺したほうの人間を、毎日のように、追いかけて、いらっしゃるんでしょうね？」

「今日は、事件の捜査に、きたんじゃありません。佐伯隆太は、今もいったように、先日殺害されました。そして、死ぬ前に、小説を書いているんですよ。彼は、K出版という出版社に勤めていましてね。出版部長から、小説を書いてみないかといわれて、よく知っている自分の友達を、主人公にして、小説を書いたのです。これが、その、原稿です」

「なるほど。実は、私も昔は、文学青年だった時代がありましてね。こう見えても、小説を書いたことが、あるんですよ」

「三月六日に、佐伯本人が東京から原稿を持ってきて、市長のあなたと、秘書の、長瀬奈緒さん、それから、友人の折戸修平に、コピーを渡して、読んで欲しいと頼んだはずなんですが、どうですか？　お忘れになりましたか？」

「いや、私は、佐伯という人には、会っていないし、原稿を持ち込まれて、読んだ記憶もありませんよ」

「それなら今から、ぜひ、読んでいただきたい。その前にストーリーを申しあげると、主人公は、市長さんも、ご存じの折戸修平で、彼が愛する女性が、市長さんの秘書の長瀬奈緒さん、それに、市長のあなたも、出てくるんですよ」

「私も出てくる？」

「ええ、そのとおりです。一応フィクションということになっていますが、読む人が読めば、主人公が誰か、すぐにわかってしまう。それで、佐伯は、原稿をコピーして、こちらに持ってきて、市長のあなたと秘書の長瀬奈緒さん、それから、折戸修平の意見を、ききたいと考えた。それで、三月六日に、こちらに、やってきたはずなんですよ。だから、佐伯が、その時、あなたに、この原稿を見せなかったというのは、私には、どうしても、解せないんですがね。本当は、ご覧になったんじゃありませんか？」

「しかし、今、警部さんがいうのをきいたら、この原稿の作者である佐伯さんという人は、東京で殺されたんでしょう？　そうなれば、この原稿は、本には、ならないんじゃありませんか？」

市長が、見透かすように、十津川を見た。

（まるで、打ち合わせでもしたように、長瀬奈緒と同じ反応だな）

と、十津川は、思いながら、

「これは、長瀬奈緒さんにも、申しあげたのですが、K出版は、作者の佐伯が亡くなっても、内容が、面白ければ、本にすると、思うのですよ」

「まあ、私は、私のことが、本に書かれても、別に構いませんけどね。長瀬君や、それから、あなたの友人の、折戸修平さんなんかは、困るんじゃありませんか？」

市長が、いった。

これ以上、市長に、質問しても、同じことだと考え、十津川と亀井は、いったん、泊まっている市内の、ホテルに戻ることにした。

翌朝、ホテルで朝食を取っていると、十津川の携帯が鳴った。

相手は、折戸修平だった。

「まだ、会津にいるのか？」

いきなり、折戸が、きく。

「ああ、市内のホテルで、朝食を取っている。そうだ、もう一度、君に、会いたいのだが」

十津川が、いうと、折戸は、

「もう、東京に帰るんじゃないのか？」

「いや、もう一度、君に会ってから、帰りたいと思っている。なるべく、早く会いたいのだが」

「じゃあ、一時間後に、昨日と同じ、飯盛山の白虎隊士の墓の前で。今から一時間後だぞ」

折戸は、そういうと、電話を切ってしまった。

朝食を済ませると、十津川は、亀井に向かって、

「これから一人で、もう一度、折戸修平に会ってくるよ」

「大丈夫ですか？」

「ああ、大丈夫だ。まさか、刑事まで、殺そうとは、しないだろう。それに、折戸が、今も尊敬している、白虎隊士の墓の前で会うんだ。だから、折戸だって、馬鹿なマネはしないはずだ」

朝食の後、十津川は、昨日と同じように、飯盛山に、登っていった。

飯盛山の白虎隊士の墓の前には、約束の時間の十分前に、着いた。

それでも、折戸は、先にきていた。

昨日と同じように、会津若松の町が見下ろせる場所の、ベンチに腰を下ろした。

「昨日、彼女に会いにいったのか？」

と、折戸が、きく。

「ああ、いったよ」

「何のために?」

「決まっているじゃないか。例の原稿について、彼女の意見をきくためだ。佐伯は、原稿のコピーを持って、三月五日の夜に東京を発ち、翌日の六日には、会津若松にきている。私の考えでは、君にも原稿を、見せたし、彼女にも見せた。おそらく、その時、市長にも見せたんじゃないかと思う。そう思ったから、彼女に話を、ききにいったんだ」

「それで、長瀬奈緒は、どういったんだ？」

「突然、微笑した。あれにはビックリしたよ。そして、その時、気がついたんだ」

「気がついたって、何を？」

「私は、今もいったように、佐伯が、原稿のコピーを持って、この会津にきて、君にも見せたし、もう一人の、当事者、長瀬奈緒にも原稿を見せたんじゃないかと、思っていたのだが、それは、違っていたんだ。原稿を彼女のところに持っていったのは、佐伯ではなくて、君なんだ。佐伯から原稿を預かって、君が、長瀬奈緒に見せにいったんだよ。あの原稿を読んで、彼女の、気持ちを、ききたかったのは、作者の、佐伯隆太よりも、君に、違いなかったからね。そうなんだろう？」

十津川が、折戸修平の顔を覗き込んだ時、ポケットのなかで、十津川の、携帯が鳴った。

十津川が携帯を取り出し、少し離れた場所まで、歩いていって、耳に当てた。

「私だ」

というと、

「亀井です」

「何か、急用ができたのか？」

「今、東京の西本刑事から、連絡が入りまして、K出版の出版部長」

「小堺さんが、どうかしたのか？」

「死体で、発見されたそうです」

亀井が、いった。

十津川は、反射的に、折戸修平に、目をやった。

折戸は、ベンチに、腰を下ろし、会津若松の町のほうを、じっと眺めている。

十津川は、携帯を、ポケットに放り込むと、折戸修平のほうに歩いていって、

「東京に、急用ができた」

「そうか。残念だな」

「それだけか？」

「何が？」

「東京で何が起きたか、きかないのか？」

「そんなこと、きいたって、仕方がないだろう？　俺は今、会津若松にいる。君は東京の刑事だ。話が、合うはずがない」

折戸修平が、いった。

(妙なことをいう奴だな)

と、十津川は、思いながらも、

「そのうちに、またやってくるよ」

と、いって、折戸と別れた。

7

十津川は、慌ただしく、列車に乗り、亀井と一緒に、東京に戻ることにした。帰りの新幹線のなかで、

「東京で起きた事件についてだが、詳しいことが、何かわかったか？」

と、亀井に、きいた。

「殺された、K出版の小堺出版部長ですが、中野のマンションに、一人で、住んでいるそうです。同じK出版の社員で、同じ中野に住んでいる社員がいて、時々、小堺出版部長を、迎えにいき、自分の車で、出勤するのだそうです。それで、今朝も、午前九時に

迎えにいったら、マンションの玄関のドアが、開いていて、なかを覗いたら、小堺出版部長が、死んでいたというのです」

「殺人事件か？」

「どうやら、そのようです」

二人は、東京駅に、着くとすぐ、その場から中野にある、小堺出版部長の自宅マンションに、向かった。

駅から歩いて十五、六分、五階建てマンションの、最上階の五〇一号が、小堺出版部長の部屋だった。

すでにもう、西本や日下（くさか）たちが、パトカーで到着していて、五階の小堺の部屋に、案内された。

「死体は、まだそのままにしてあります」

西本が、いった。

２ＤＫの部屋である。玄関を入ってすぐの八畳が、リビングになっていて、奥の六畳が寝室だった。

その寝室のベッドの脇に、小堺出版部長がうつ伏せに、倒れている。

死体は、パジャマ姿だった。その背中のあたりに、血が滲（にじ）んでいる。

「背中を、鋭利な刃物で、三カ所、刺されているね」

検視官が、十津川に、いった。

死体の発見者の、井出(いで)という若い社員が、十津川に、発見した時の状況を、説明してくれた。

「小堺出版部長は、今どき珍しく、運転免許証を、持っていないんですよ。それで時々、朝、迎えにきてくれと、いわれるので、今朝も迎えにいったら、ドアが開いていて、奥の寝室で、小堺さんが、背中から、血を流して死んでいたんですよ」

「あなたが、この部屋に、入ったのは、何時頃ですか？」

「午前九時です。今朝は九時に、迎えにこいといわれた、ものですから」

「昨日は、小堺さん、出勤して、いたんですか？」

「ええ、出ていましたよ」

「昨日、小堺さんが、退社したのは、何時頃ですか？」

「確か、午後七時頃まで、社にいたんじゃなかったですかね。その後、帰ったんだと、思いますよ」

「昨日、小堺さんに、特別な来客は、ありませんでしたか？」

「特別な来客といいますと？」

「そうですね。ちょっと、問題のある人物とか、喧嘩をしている作家とか、あるいは、自分を、モデルにした本が、出たというので、抗議にきたような人ですが」

十津川が、いうと、井出は、笑って、

「抗議の電話が、かかってきたり、いやがらせをいいに、社にくる人間は、いつだっていますよ。でも、昨日は、いなかったんじゃないですかね。とても、穏やかな一日でしたから」

十津川は、その若いK出版の社員と話しながら、頭のどこかで、今日、会津若松で別れた、折戸修平の顔を思い出していた。

昨日、折戸修平に会って、例の原稿のことをきいた。

あの時、折戸は、作者の佐伯隆太が、死んでしまったのだから、もうこの原稿が、本になることはないのだろうと、十津川に、きいてきたのである。

十津川は、その質問に対して、K出版が、本にするかもしれないと、答えた。翌日の今日、目の前に、その出版の責任者である、小堺出版部長が殺されて、横たわっている。

井出を帰した後、十津川は、検視官に、

「死亡推定時刻は、わかりますか？」

「血が乾いているし、死後硬直の様子から、見て、おそらく、昨日の、午後十時から十二時の間と、見ていいと思うのだが、正確なところは、司法解剖の結果を、見てみなければ、何ともいえない」

と検視官は、いった。

小堺出版部長を、殺すことは、折戸修平なら、時間的には、楽にできたはずである。

十津川が、あの原稿に関して、作者の佐伯隆太が死んでも、K出版が、本にするかもしれないといったから、折戸修平が、出版責任者の小堺出版部長を、殺したのだろうか？

小堺出版部長の死体は、司法解剖のために、大学病院に運ばれていった。

鑑識が、2DKの部屋の写真を撮り、その後、念入りに、部屋中の指紋を、採取している。

「警部は、折戸修平のことを考えていらっしゃるのではありませんか？」

と、亀井が、きいた。

「ああ、否応なしに、考えざるを得ないからね。会津若松から、この中野の、マンションまで、何時間でこられるかな？」

「そうですね。三時間ちょっとあれば、こられるんじゃないですか」

「三時間か」

と、十津川は、つぶやいてから、

「私が今回、会津若松に、いかなければ、小堺さんは、殺されずに、済んだかもしれないな」

「どうしてですか？」

「向こうで、私は一人で、折戸修平に、会った。その時、私は、K出版の、小堺出版部長のことを話したんだよ。折戸修平が、あの原稿に目を通した後、作者の、佐伯隆太が死んだから、もうこの原稿は、本には、ならないだろうと、安心しきった顔でいうから、私は、少しばかり脅かしてやろうと、思ってね。K出版の小堺出版部長が、本にするかもしれないといったんだ。そのことが、ひょっとすると、小堺出版部長が、殺される理由になったかもしれない。そうだとすれば、私が、小堺出版部長を殺したことになる」

十津川は、繰り返した。

「それは、違いますよ」

と、亀井が、いった。

「どう違うんだ？」

「あの原稿ですが、佐伯さんが、K出版のパソコンで、打ったものです。用紙に、K出版の名前が印刷されていましたから、誰が見たって、この原稿には、K出版が絡んでいると、わかりますよ。折戸修平が、絶対に、あの原稿を、本にしたくないと思ったら、本を出版しそうな、K出版にも、目を向けるでしょう。そして、出版責任者の、小堺出版部長の口を封じようと、考えるでしょうから、警部の責任じゃありませんよ」

「君が、そういってくれるのは、ありがたいがね。どうしても、小堺出版部長が殺されたのは、私のせいじゃないかと、思ってしまうんだよ」

「犯人は、折戸修平ということに、なるんじゃありませんか？」

「そういうことに、なってしまうだろう」

「折戸修平には、向こうで、会われたわけですよね？」

「ああ、飯盛山の、白虎隊士の墓の前で会ったよ」

「その時の折戸の様子は、どうでしたか？　東京までいって、人を一人殺して、急遽、会津若松まで、戻ってきた。そんな感じでしたか？」

「実は、私も、さっきから、今朝会った時の、折戸修平の様子を、一生懸命に、思い出そうとしているんだよ。彼と会っている時に、君から電話を受けた。そして、東京で小堺出版部長が殺されたのを、知ったんだ。そうだ、あの時一瞬、頭に閃いたことがあった」

「何がですか？」

「今回、カメさんと一緒に、会津若松にいった、その理由のひとつは、何とかして、折戸修平に会って、彼から、話をきくことだった。それで、地方新聞に、尋ね人の広告まで出したんだ。折戸は、いやいやみたいな顔で、私の前に現れた。そんな、折戸がなぜ、今朝は、わざわざ、自分のほうから、会いたいといって、連絡をしてきたのだろうか？」

「今朝、折戸修平は、いったい、どんな用で、警部を、呼び出したのですか？」

「それを、ずっと考えていたんだ。私は、いくらでも、折戸修平にききたいことがあった。しかし、折戸のほうは、むしろ私と会うのは、辛かったと、思うんだよ。何しろ、私は刑事で、折戸は、殺人事件の容疑者なんだからね。それなのに、なぜか、向こうが、私を呼び出した。そして、話し合ったのだが、折戸が、特別に、今朝、私にいいたいことがあるような感じでは、なかったんだ。そうなると、どう考えても、東京で今回起きた殺人事件について、私の反応を見るために、飯盛山に、私を、呼び出した。そうとしか、思えないんだよ」

「それは少し、警部の、考えすぎなんじゃありませんか？」

「いや、考えれば考えるほど、今朝、私を飯盛山に、呼び出したのは、東京で起きた小堺出版部長殺しの反応を、見ようとしたんだ」

「それらしい反応が、あったんですか？」

「いや、私が、カメさんからの電話で、ビックリしてしまって、慌ててしまっていた。だから、折戸修平の顔色を、落ち着いて、観察するなんてことは、できなかった。むしろ、私の顔色を見ていたのは、折戸修平のほうなんだ」

「まだ、小堺出版部長を、殺したのは、折戸修平だと、決まったわけじゃありませんよ。さっきも、死体の発見者の、井出という若い社員が、いっていたじゃ、ありませんか？K出版のようなところでは、自分のことを書いたんじゃないかとか、あるいは、モデル騒動で、抗議の電話がかかってきたりするのは、日常茶飯事だといっていたでしょう？

ですから、小堺出版部長は、佐伯隆太さん殺しとは、まったく、関係のないところで、彼を恨んでいた人間がいて、昨夜のうちに、このマンションに、押しかけてきて、殺したのかもしれませんよ。その可能性だって、ないわけじゃありません。むしろ、大きいと、私は思います」

「しかし、私は、この事件が、佐伯隆太殺しと、関係があると思っているんだ」

十津川は、しゃべりながら、相変わらず、折戸修平、長瀬奈緒、そして、小島市長の顔を、思い出していた。会津若松にいって、会ってきた三人の顔である。

彼ら三人には、小堺出版部長を、殺す動機がある。

その三人のなかで、最も強い動機を持っているのは、何といっても、折戸修平である。折戸修平は、自分のためにも、また、恋人の長瀬奈緒のためにも、あの原稿を、本にはしたくないはずである。

したがって、折戸には、二つの動機があることになる。

自分のために殺す。そして、好きな、長瀬奈緒のためにも、あの原稿は、絶対に本にはしない。その二つの動機が、あることになる。

亀井が、間(ま)を置いて、

「K出版の小堺出版部長も、折戸修平が、殺したとしてですが、折戸修平自身の考えで、やったんでしょうか？　それとも、誰か、例えば、長瀬奈緒さんに頼まれて、彼女のために殺したんでしょうか？」

「そうだな。その点についても、考える必要があるね」

十津川が、うなずいた。

第七章　愛と死と

1

三日後、また、折戸修平から、十津川の携帯に、連絡が入った。

「どうしても、もう一度、君に会いたい。会津若松にきてくれ」

と、折戸が、いった。

「私も、君に、ききたいことがある」

「ゆっくりと、話し合いたいので、今回も一人できて欲しい」

「いいとも。一人でいく」

「じゃあ、明日の午後三時。今までと同じく飯盛山の白虎隊士の墓の前で」

折戸は、いって、電話を切った。

十津川が、再び、一人で折戸修平に会ってくるというと、亀井が、真っ先に反対した。

「折戸修平が、殺人犯であることは、もう、はっきりしているんじゃありませんか？　これから、会津若松にいって、彼を逮捕すべきです。裁判所に請求すれば、逮捕令状は、間違いなく、取れると思いますよ」

「それは、わかっている」

と、十津川は、いった。もちろん、彼自身も、犯人は、折戸修平だと思っていた。

「ただ、その前に、もう一度だけ、彼の話を、ききたいんだよ。このまま逮捕しても、おそらく、折戸は、何も、しゃべらないだろう。もちろん、否認のままでも起訴は、できると思うが、それをしたくないんだ」

と、十津川は、いい、

「もう一度だけ、一人で、彼に会いたい。これは、私のわがままだが、認めてもらいたいんだよ」

「わかりました。しかし、本部長にいえば、反対するに、決まっていますね。どうしますか？」

「だから、本部長にはいわずに、明日、会津若松にいってくる」

十津川は、会津若松に向かった。何回目かの会津若松である。

午後三時、飯盛山にある、白虎隊士の墓の前に着くと、折戸修平は、先にきていた。

折戸は、前よりも、いっそう痩せたように見えた。たぶん、自分に、腹を立てているのだろう。目が、きつくなっている。

「君の話をきく前に、先に、きいておきたいことがある」

十津川が、いうと、折戸は、あまり、感情のない表情で、

「君がききたいのは、あの、K出版社の小堺という部長の話だろう？」

「ああ、そうだ。彼を殺したのも君か？　前に会った時、携帯を使って、アリバイを作ろうとしたんじゃないのかね？」

十津川が、いうと、折戸は、少し口を歪めて、笑って見せた。

「いかにも、刑事らしい質問だな」

「どうなんだ？」

「まあ、勝手に、判断すればいい」

「じゃあ、勝手に判断させてもらおう。それで、私に、何をいいたいんだ？」

「昔、白虎隊の隊士は、潔く自害した。ここにくるたびに、俺は、そのことを、考えてしまう」

「会津若松の人間なら、誰だって、そう、思うんじゃないのかね？　確か、君も、前にそういっていたはずだ」

十津川が、いうと、折戸は、急に寂しげな表情になって、

「二十年ぶりに、会津若松に帰ってきて、会津の人の心が、少しばかり変わってしまっ

たんじゃないのか？　そう思うようになっている。せっかく、この町の人間にというより会津人になりたくて帰ってきたのに、と思った」

「だから、佐伯の書いた原稿を見て、腹が立ったのか？　今日は、どうしても、佐伯が書いた原稿に対する、君の気持ちがききたいんだ。前には、はぐらかされたが、今回は、正直なところを話してもらいたい。そのために、今日、東京からやってきたんだ。逃げずに答えて欲しい」

十津川は、まっすぐに、折戸修平を見て、いった。

「どうして、君は、俺の意見が、ききたいんだ？　もし、俺が、また佐伯の書いた原稿は、デタラメだ。嘘ばかり、書いてある。そういったら、その言葉を、佐伯殺しの証拠として、俺を逮捕するのか？」

折戸が、挑戦的な口調で、いった。

「いや、そこまでは、考えていない。とにかく、今日は、君が、佐伯の書いた原稿を読んで、どんなふうに、思ったのか、それを、教えてもらいたいんだ」

「実は、会津若松に帰ってきてからのことを書いた手記のようなものを今、持ってきている。おれの気持ちを、正直に書いたものだ」

折戸は、内ポケットから、分厚い原稿を取り出して、十津川に、手渡した。

「今日は、会津若松に、泊まって、この手記を、じっくり読んで欲しいんだよ。そして、明日の朝、また、ここにきて、俺の書いたものを、信じられるか、信じられないか、それを教えて欲しい。君の答えを待ってから、俺は、佐伯が書いた原稿を、どう思ったかについて、君に話す」

「この手記には、真実が書いてあるのか？」

「それは、読んでもらえばわかる。そのあと、佐伯の原稿と、どちらが、真実か、それを判断してくれればいい」

「これを今日読んで、どう思うか、君に話せば、君の正直な気持ちが、きけるんだな？」

「ああ、そうだ。約束する」

「明日も、またここで、会うのか？」

「ああ、ここにきてくれ。早朝がいいな。早朝ならば、まだ、誰もいないと思うから、午前七時、ここに、きてくれ。待っている」

それだけいうと、折戸修平は、クルリと、十津川に背を向けて、飯盛山から、下りていった。

2

十津川は、折戸修平と別れて、会津若松市内のホテルに入ると、東京の亀井には、連絡を取らず、一人で、折戸修平が、書いた原稿を読むことにした。

佐伯のものは、明らかに、パソコンで打ったものだが、こちらは、市販の原稿用紙に、ボールペンで、書かれてあった。

3

「故郷である、会津若松は、私にとって、裏切りの町だった。

私は裏切られて、高校を、卒業すると同時に、会津若松を捨て、上京した。

今日まで、東京で、大学を出、就職し、結婚し、その間、一回も故郷には帰らなかった。今、妻が亡くなって、私一人になってしまった。

そして今、私は、二十年ぶりに、故郷の会津若松に帰ることを決めた。理由はひとつだけ、父が死んで、たった一人になってしまった母の面倒が、見たかったからである。

会津若松に向かう列車のなかで、私は、たったひとつのことだけを、考えていた。

二十年前、私を、裏切ったあの町は、今度もまた、私を、裏切るのだろうか?

久しぶりに会った母は、ひどく、痩せていて、私の、思い出のなかにある母よりも、小さくなってしまったように、見えた。

父と二人で、店をやってきて、それで疲れ切ってしまったのかもしれない。それに、元々、母は、心臓が悪かった。久しぶりに会った母は、時々、咳き込んでいたから、症状は、以前よりも、さらに悪化していたのかもしれない。

私は、貯金を、全部下ろして、会津若松に帰ってきたので、三カ月くらいは、働かなくても、何とか、暮らせると思っていた。

私は、小さなマンションを借り、そこで、母と二人で、今までの不幸を詫びて、孝行を、尽くそうと考えていた。そんな私を見て、母も、嬉しそうだった。

それが、私が、近くのコンビニで、ビールを買って帰ってくると、母の姿がなかった。体調が悪いのに、どこに、出かけてしまったのかと、心配したのだが、いくらたっても、母は帰ってこない。

夜が明けてから、母が、あの寺で自殺しているのを知らされた。

その寺の境内で、母は、衣服が乱れないように正座して、膝を紐で縛り、短刀で喉を、突いて死んでいた。その短刀は、私が子供の頃に見たことがあった。私の家に伝わる短刀だったから、母はずっと、その短刀を持っていたのだ。

母の死は、その潔い死に方で、ちょっとした、話題になった。

私は新聞記者に、母の死を、どう思うかときかれた。私は、母が病弱なので、この後、私に、迷惑をかけてはならない。そう考えて、自ら命を、絶ったのだ。そうとしか、思えないと答えた。

私は、マンションの机の上に、たった一行だけの、母の遺言が書いてあるのを見つけたからだった。

そこには、こうあった。

『楽しかった。ありがとう。母』

それだけの、遺言である。

ただ、母が、なぜ、あの寺で、自害をしたのか？　それが、わからなかった。何か、母にとって、思い出がある寺なのだろうか？

私は、寺の住職に頼んで、折戸家代々の墓の横に、小さいが、母のお墓を、建ててもらった。

そのあと、私が、ある日、花を持って寺にいき、墓の前に、たたずんでいると、突然、後ろから、

『このお墓ね』

という女性の声がした。

振り向いて、私は呆然とした。そこに、彼女がいたからだ。

私が、物心ついた時に、憧れ、そして、高校時代に見とれていて、最後には、裏切られた、あの女性の顔が、そこに、あったからだ。

しかし、目の前にいる女性が、長瀬綾のはずはなかった。綾は、私と同じ年齢だから、

四十歳に、なっているはずだ。

しかし、私の目の前にいる女性は、どう見ても三十歳くらいにしか、見えなかった。

私が呆然としていると、彼女は、

『このお墓、新聞に、出ていた、あの女性のお墓でしょう？　失礼ですけど、亡くなった方の息子さんですか？』

『ええ。自害した母の不肖の息子です。私がだらしがなくて、母を死なせてしまったようなものです』

私が、いうと、彼女は、

『でも、こうして、お母様のお墓を作ってさしあげたんだから、喜んでいらっしゃると、思いますけど』

私はまだ、相変わらず、夢を見ているような気持ちだった。

『失礼ですが、お名前を伺っても構いませんか？』

私が、遠慮がちにきくと、彼女は、微笑(ほほえ)んで、

『私の家のお墓も、このお寺にあるんですよ。長瀬というのが、私の家ですけど』

『長瀬さんですか？　ひょっとすると、あなたのお姉さんの名前は、長瀬綾さんじゃありませんか？』

私が、きくと、彼女は、また微笑して、

『ええ、姉は綾で、私は奈緒です。長瀬奈緒です』

その後、今度は、私が、彼女と一緒に、長瀬家の墓に、お参りすることになった。

その時になって、母が、なぜ、天寧寺を選んで自害したのか、その理由が、わかったのだ。

母は、私が、高校時代、長瀬綾のことが、好きだということを、知っていた。会津若松に帰ってきた私が、今でも、長瀬綾のことを、愛していると思って、長瀬家の墓のある天寧寺で、ああした死に方をしたのだろう。そして、母の死が、綾の妹、長瀬奈緒に、会わせてくれたのだ。

母は、六十歳を、過ぎていたが、それでも母にとって、私は、今も会津若松を捨てた時の高校生に、見えたのかもしれない。

とにかく、そのことがあってから、私は長瀬奈緒と親しくなった。

私は、貯金を全部下ろして、帰郷をしたのだが、母の墓を、建てたことなどもあって、早く就職しなければ、ならなくなった。二十年ぶりに、故郷の会津若松に帰ってきた。二十年前、私を裏切った町が、奈緒を通して、優しく私に、微笑みかけてきたのだ。

もし、彼女に、会っていなければ、母が死んだ後、自分に振り向いてもくれない会津若松に別れを告げて、東京に戻るつもりだった。それが、彼女に会って、気が変わった。

私が、就職先を、探しているというと、長瀬奈緒が、私に、こんなことを、勧めてくれた。

自分は今、市長の秘書をしている。市長に頼んであげるから、一度、会ってごらんなさい。あまり、いい仕事はないかもしれないけど、差しあたって、働けるような仕事が、見つかるかもしれませんわと、彼女は、いってくれたのだ。」

4

「一月七日、この日、市長は、市役所で、新年の賀詞交歓会をする。その後、しばらく市役所にいるので、いらっしゃれば、私が、紹介してあげます。彼女は、そういってくれた。

私は、雪のなか、マンションを出て、市役所に、向かったのだが、時間に遅れてしまった。アイスバーンになっている道を、急いで、市役所に向かっている時、市長の車に、ぶつかってしまったのだ。

後で知ったのだが、私が時間に遅れてしまったので、奈緒が、市長をそれ以上、市役所に待たせておくことが、できなくて、仕方なく、出発して、しまったのだという。

しかし、何が幸いするのか、わからない。雪のなかで、偶然、私が市長の車に、ぶつかってしまったので、市長が、やたらに、恐縮して、トントン拍子に、市長の車の、運転手という仕事を私に与えてくれた。

私は、それまで、東京では事務系の仕事しかしたことがなかったが、市長の運転手という仕事に、就けることは、嬉しかった。いつでも、市長の秘書をしている、長瀬奈緒に会えるからだ。

奈緒とのつき合いが、深くなっていくにつれて、お互いが、私は妻と、彼女は夫と死に別れて、独身であることが、わかった。

奈緒が、ある時、私にきいた。

『折戸さんは、どんな女性が、好きなんですか？』

私は、優しい女性が好きだとか、あるいは、同じ趣味を持っている女性が、好きだとか、いつも話し合える女性が、好きだとか、そんなありきたりのことは、いえなかった。

私は、その答えの、代わりに、次の日曜日、奈緒を、白虎隊記念館に、連れていった。そして、あの、会津戦争の絵と、会津戦争で見事に戦った姉妹の人形を見せて、学生の頃から、この女性に、憧れていると話した。

おそらく、奈緒は、笑うだろうと、思った。何といっても、現代の女性なのだ。そんな昔の女性像を、見せられても、当惑するばかりだろう。そう、考えたのだ。

ひょっとすると、私のことを、古い男だと考えて、軽蔑するかもしれない。そうなっても構わないと、思ったのだが、彼女の態度は、違っていた。

奈緒は、しばらく、黙ったまま、なぎなたを持った姉妹の人形と、戦っている彼女たちの絵を見ていたが、

『折戸さんは、お母さんのことが、好きなんでしょう？　私も、市役所なんかに、勤めているけど、本当は、折戸さんの、お母さんのような女性に、なりたかったんです。この記念館にも、本当は、何度かきているんですよ。時々、この絵の女性に、顔が似ているといわれたりすると、そのことが、とても嬉しくて、この女性ほどには、潔くは、生きられないけど、何とかして、この女性たちに近づきたい。そんなことを、考えているのです。現代の男の人からは、古い女だと、思われるかもしれませんけどね』

私は、驚くと同時に、彼女の言葉に、感動した。

その日、私は初めて、自分のマンションに彼女を誘い、彼女を抱きしめた。

私は、その後、真剣に、長瀬奈緒との結婚を考えた。

ただ、私は、現在の自分の仕事、市長の運転手ということに、引け目を感じた。仕事そのものには、引け目はなかったのだが、運転手では、彼女に、相応しくないのではないかと、私は、考えてしまったのだ。

そこで、私は、一世一代の勇気をふるいたたせて、市長を、脅かすことにした。

市長は、一月七日の夜、私を車ではねている。そのことが、表沙汰になれば、次の選挙で、市長は、落選してしまうだろう。そのことを、永久に、黙っているから、その代

わりに、事務系の仕事を、斡旋してくれないか？　そういって、私は、市長を脅かしたのだ。

その甲斐があって、しばらくしてから、突然、私は、市役所の広報担当の、職員として異動された。

その後、奈緒を、十和田湖に誘って、そこで結婚を申し込んだ。

一瞬、彼女は、嬉しそうに、笑ったが、口から出た言葉は、

『できません』

というものだった。

私は混乱した。彼女とは、親しくなっていたし、彼女は平気で、私の小さなマンションにきてくれた。そこで私は、彼女を抱きしめている。

だから、プロポーズには、イエスと答えてくれると、信じていたのだ。

しかし、答えは、ノーだった。

私はまた、高校三年生の時と、同じように、会津若松の町に裏切られたのかと、思った。

そんな私に対して、彼女は、こういった。

『私は、誰にも、黙っていましたけど、先日、気分が、悪かったので、病院で診てもらったら、白血病だと、いわれたんです。今は元気にしていますけど、あと一年もたった

ら、その時には、あなたの命は、保証できない。医者は、そんなふうに、いっています。だから、あなたと、結婚するわけにはいきません。二人とも不幸になってしまう、許してください』

と、彼女が、いった。

彼女の表情は、真剣そのものだったから、彼女が、嘘をついているとは、思えなかった。

また、今の私に、そんな嘘を、つく必要もないだろう。

だから、私は、いった。

『あと一年で、あなたが死んだとしても、それは、それでいい。すぐに結婚しよう。そして、あと一年か二年、楽しく二人で、生きていきたい』

『それは駄目』

と、彼女が、またいった。

『どうして、駄目なんだ？　僕は、それでもいいんだよ』

『あなたの気持ちは、嬉しいわ。でも白血病の症状が出てきたら、薬の副作用で、私の髪の毛は、全部、抜けてしまう。そんな醜い姿を、結婚したばかりのあなたに見せたくないの。だから、結婚だけは駄目』

と、彼女が、いった。

『君が駄目といったって、僕は、君と結婚する』

私は、いいつのった。

その後も、私は必死に、彼女を口説いた。顔を合わせるたびに、口説き続けた。

『君が、あと一年か、二年しか生きられないのなら、今から、二人で一緒に、思い出を、たくさん作ろうじゃないか？　市役所に、休暇をもらって、新婚旅行に、出かけるんだ。君のいきたいところに一緒にいく。そしてそこで、美しい海を見たり、きれいな山を見たり、素晴らしい人に会ったりして、忘れられないような、思い出を作るんだよ。そうすれば、一年か二年が、十年二十年にも、感じられるようになる』

しかし、それでも彼女は、イエスとはいわなかった。そして、最後に、彼女は、こういったのだ。

『しばらくは結婚しないで、恋人でいましょうよ』

『どうして、そう考えるんだ？　結婚したほうが、二人の仲が、より、強くなるんじゃないのか？』

『もし、結婚してしまったら、私は、あなたと、少しでも、長く生きようと思うから、醜くなっても、何とか、生きようともがいてしまう。それが怖いの。今なら、あなたの、お母さんのように、私は、自害することが、できるけど、結婚してしまったら、それが、できなくなってしまう。私は弱い女だから、今もいったように、いつまでも、あなたに愛されて、そばにいたいと、思うの。そう思うことが、怖いのよ』

私は、彼女のこの言葉に、うなずくよりなかった。私が、あくまでも、結婚にこだわったら、彼女は、私の前から、姿を消してしまうかもしれない。そんな恐れがあった。

彼女の申し出どおり、私たちは、しばらく恋人同士でいることにした。

ただ、彼女が、白血病に冒されていることは、誰にも、内緒にしておくことにした。

それと、私たちの仲もである。

彼女は美しい。それも、ただの美しさではない。気品のある、美しさだ。

そんな彼女と、私が親しくしていることを、誰かに気がつかれてしまったら、きっと邪魔が入るだろう。それが、怖かったから、二人の仲は、内緒にしておく。そう約束した。」

5

「鶴ヶ城城址公園で春の梅祭りがおこなわれることになり、市役所が、いつものように、主催者になった。

城址公園のなかに、舞台が作られ、いろいろな団体が、芝居や、合唱や、踊りを見せることになった。

祭り好きの市長は、市の職員のなかから有志を募って、市民に、芝居を見せることを考えた。

市長は、私に、どんな芝居がいいと思うかと、きいたので、

『会津戦争を、舞台にしたら、どうでしょうか？』

と、提案した。

その時、私は、長瀬奈緒のことを、考えていたのだ。

『しかし、会津戦争となると、どうしても、白虎隊の話と、いうことになって、それでは、ありきたりの、芝居になってしまう。何か工夫はないかね？』

市長に、きかれて、私は、

『会津戦争で死んだ、美しい姉妹を、主人公にしては、どうでしょうか？』

と、市長に、いった。

『白虎隊記念館に、いくと、娘子隊奮戦の大きな絵がありますし、その美人姉妹の人形も、展示してあります。会津戦争で、二十名の、娘子隊ができて、新政府軍と戦ったことを、是非、残して、おきたいのですよ。その勇ましさ、その凜々しさ、その美しさに、新政府軍の兵士も、感動したそうですから』

と、私が、いうと、市長は、

『それを、誰がやったらいいんだろう？』

『もちろん、市長の秘書をやっている、長瀬さんが、適任じゃありませんか？　彼女は、よく似ているんですよ、白虎隊記念館にある絵と人形に。彼女に、ああいう、戦いの格好をさせたら、たぶん、凜とした美しさになると、私は、思うのですが』

『そうか。彼女か。そりゃ、賛成だ』

市長も、いった。

私が、簡単な、ストーリイを作った。

祭りになると、会津若松では、大抵、白虎隊の格好をした若者が、剣舞をやることになっている。毎回なので、飽きられていると思ったので、今回は、会津戦争のなかの娘子隊を取りあげることにした。

市長も、大賛成だったし、後援者の商工会議所も賛成した。

会津戦争で、会津藩最高の美女といわれた姉のほうは、長瀬奈緒に、やってもらい、妹のほうは、市内の、女子高校生のなかから選ぶことにした。

市長が、私に、

『君も、何かやったらどうだ？』

と、いったが、私は、

『いえ、私は演技は、苦手ですから、縁の下の力持ちになりたいんですよ。小道具を作ったり、あるいは、進行係を、やらせていただきたいんです』

と、答えた。そのほうが、彼女の素晴らしい姿を、そばで、見ていられると、思ったからだった。

歴史に従えば、二十名の娘子隊は、鶴ヶ城の辰巳口を守って、殺到する新政府軍と戦った。そこで、美人姉妹の姉のほうは、新政府軍の銃弾に当たって戦死し、妹は、新政府軍に奪われてはいけないと考えて、死体を担いで、城のなかに退却する。

その場面を、私は、クライマックスにすることにした。

娘子隊二十名の衣装が運ばれてきて、奈緒と、女子高校生のなかから選ばれた女性が、その衣装に着替えていく。

白装束、たすき掛け、鉢巻きを締め、なぎなたを、振りかざして構える。その長瀬奈緒の姿を見て、私は、改めて、感動した。

そうだ、この姿に、私は、物心つく頃から憧れていたのだ。一度、私は、裏切られた。しかし、今、私は、その姿に、見惚れている。これは、私のものなのだ。

稽古は、連日、おこなわれた。

私が、いちばん心配したのは、彼女に、白血病の兆候が現れて、疲れが出てしまうのではないかということだった。

梅が、満開になったその日、城址公園に設けられた舞台では、会津戦争を、テーマにした芝居が始まった。

最初、なぜ、白虎隊をやらないのかという市民からの、批判の声が、市役所に届いたこともあったのだが、いざ、芝居が始まってしまうと、誰もが、美人姉妹の、娘子隊の艶(あで)やかな姿に、感動の拍手を送った。

私は、舞台の袖で、ひたすら彼女を見守りながら、彼女が、疲れてしまわないかと、そのことばかりを、心配していた。

舞台が終わった時、私はすぐに、彼女のそばに、駆け寄っていった。

荒い息を吐き、彼女は、汗をかいていた。

『大丈夫か？』

と、私が、きくと、

『大丈夫よ。それより、私、どうだったかしら？』

と、彼女が、きき返す。

『素晴らしかったよ。気品があって美しくて、観客の誰もが、君に、見惚れていたよ』

『あなたは？』

『私は、君のこうした姿を見たくて、今まで生きてきた。そんな気がする』

私が、いうと、

『嬉しい』

と、彼女は、いってくれた。

この舞台は、新聞が書き立て、テレビも放映してくれた。

見ている者たちはみな、あの会津戦争のことを思い出した。あの時、二十名の娘子隊が、新政府軍と戦い、奮戦した。その勇ましい女性たち。勇ましく、美しいその姿を、今、芝居で見て、感動したと、新聞は書いた。

しかし、その祭りの後、突然、彼女が三日間、続けて、休んでしまった。

私は、彼女のマンションを訪ねていった。市役所が終わってから、夕方訪ねていったのだが、彼女は、疲れ切ったような顔で、ソファに、横になっていた。

心なしか、顔色が悪かった。

私は、すっかり、おびえてしまった。

あの激しい芝居が原因で、白血病の兆候が、早く出てしまったのではないかと、そう思ったからだった。

私が、そんなことを考えているることを察したのか、彼女は、

『ごめんなさい。眠ってしまって』

と、いって、勢いよく、ソファから、立ちあがった。

そして、私が、何か質問しようとすると、それを制するかのように、

『すぐこれから、食事を作って、あなたに、ご馳走したいわ。だから、ちょっと、待っていてね』

彼女が、明るく、振る舞えば振る舞うほど、私は、落ち着かなくなった。彼女は、気分が悪くなったのを隠して、わざと、明るく元気に振る舞っているのではないかと、そう思ったからだが、本当のことを、きくのも怖かったから、私は黙っていた。

私は、彼女が作ってくれた夕食を食べながら、とうとう、最後まで、病気のことをきけなかった。もちろん、彼女も、何もいわなかった。

『明日は、市役所にいくから、大丈夫よ』

彼女が、いい、その言葉にすがりつくような感じで、私は、帰ることにした。」

6

「それから数日して、東京から、友人のSが訪ねてきた。

最初、なぜ急に、彼が訪ねてきたのか、わからなかった。

そんな私に向かって、彼は突然、分厚い原稿を、取り出し、こういったのだ。

『僕は、今、ある出版社に、勤めている。上司に、君は文才があるから、一度、小説を書いてみないか？　出来がよければ、うちから出版してもいい。そういわれたので、小説を書いてみる気になった。ただ、何を書いていいかわからなかったので、いろいろと考えた挙げ句、君のことを、書こうと思い立ったんだ。君の、会津若松に対する、愛情と憎しみと、君の憧れている女性のことを、書いてみようと、思ったんだよ。それが書きあがったので、読んでみて欲しいんだ』

と、Sが、いった。

『確かに、君とは、大学時代に一緒だったけど、俺が、ここに帰ってきてからのことは、何も知らないだろう？』

と、いうと、Sは、ニヤッと笑って、

『実は、君のことを、書こうと思ってから、君には黙って、君のことや、君が好きだという女性のこと、さらに、この会津若松の町のことを徹底的に調べたんだよ。それを小説にしてみた。君が、どう思うかは、わからないが、とにかく一度読んでみて、感想をいって欲しいんだ。君以上に、この町や、彼女のことを調べたと自負しているからね』

そういって、Sは、私に原稿を渡して、

『今日は、東山温泉に泊まるから、明日会った時に、感想を、いってくれ』

といって、帰っていった。

私は、Sが、これから作家になりたいといったのを、尊重して、その日の夜、彼が置いていった原稿を、読んでみた。

そして、私は、愕然（がくぜん）とした。

Sには、何もわかっていないのだ。

事実ということが、彼には、わかっていない。事実が、書かれていても、それは、本当ではないことがある。これは、あくまでも、彼の事実で、私の事実ではない。私は私の事実の上に生きているのだ。彼は、可哀そうだが、このことが、まったくわかっていないのだ。」

7

十津川は、そこまで読んで、自分の考えをまとめるために、煙草をくわえて火をつけた。精神的に追いつめられると、つい煙草をくわえてしまうのだ。

十津川は、東京から、二十年ぶりに故郷の会津若松に帰った折戸修平が、その後、今日まで、この町でどんな生活を送っていたのか、くわしく知っているわけではない。

彼の母親が死んだこと、それも自害したこと、折戸が、その死んだ母親の墓を作ったこと、今、市役所に勤めていること、そこに市長の秘書として、長瀬奈緒がいたことなどは知っているが、折戸修平の気持ちまではわかっていない。

また、佐伯が、作家になろうとして、折戸修平と女性のことを、書いたことは知っている。

しかし、あの原稿が、真実かどうかはわからない。

今日読まされた、折戸修平の手記も、真実なのかどうか、十津川には、判断がつかなかった。

ただ、折戸修平が、佐伯を殺したという疑念は、今でも、生きている。

K出版の小堺出版部長を殺したのも、たぶん、折戸修平だろう。

佐伯が書いた原稿に、真実が、書いてあったから、折戸が、怒って殺してしまったのか？　それとも逆に、佐伯が書いた原稿が、嘘ばっかりだったので、怒って殺したのか？　それも、十津川には、判断がつかない。

ベッドに入っても、十津川はなかなか、眠れなかった。考えなければならないことが、いくつもある。そして、折戸修平が、犯人なら、いや、たぶん、犯人なのだが、決まったら、逮捕しなければならない。そんなことも考えて、なかなか、眠れなかったのだ。

夜明け近くなって、十津川は、やっと、眠ることができたが、すぐに、目を覚まし、折戸と七時に待ち合わせていたことを、思い出した。慌てて、窓のカーテンを開けると、一面の雪景色になっていた。

おそらく、この会津若松でも、ずいぶんと、遅い雪だろう。

十津川は、急いで、下に降りて、バイキング形式の朝食を取った後、飯盛山に向かった。

朝が早いので、まだ車は、ほとんど走っていない。それでも、家の前で、雪かきをしている人の姿もあった。その雪をかきわけるようにして、飯盛山に登っていく。

七時を、もう、過ぎていた。彼は、怒って帰ってしまっただろうか？　そんなことを、考えながら、人気のない、白虎隊士の墓の前に着いた。その向こうのほうに、誰か、人が倒れていた。人の足跡のついていない、一面の雪景色。その向こうのほうに、誰か、人が倒れていた。

近づくと、それは、男女二人で、抱き合うようにして、死んでいるのだ。

男は折戸修平、女は長瀬奈緒。奈緒のほうは、正座をして、膝が乱れないように、紐で縛ってあった。そして、喉をかき切っている。

折戸は、奈緒を殺した短刀で、腹を突き刺して、死んでいた。

柄の部分に、きれいな、模様の入った短刀だった。

その短刀は、折戸の母が、自害に使った短刀なのか、長瀬奈緒の家に、伝わっていた、短刀なのか、わからなかったが、いずれにしても、覚悟の自殺と見える、二人の死に方だった。

十津川は、しばらくの間、呆然として、二つの死体を、見つめていたが、携帯を取り出すと、会津若松署の小山警部に、かけた。

「大至急、飯盛山に、きてください。白虎隊士の墓の前で、カップルが死んでいます」

「殺人ですか？」

と、小山警部が、きく。

「どういったらいいのか、覚悟の自殺かもしれませんし、あるいは、覚悟の心中かもしれません」

「十津川さんの、お知り合いですか？」

「男は、私の友人で、女は、その友人が愛した女性です」

と、十津川は、いった。

8

二人の死は、地元の新聞と、テレビが大きく報じたので、大騒ぎに、なった。

何しろ、女性は、会津若松でも、旧家に生まれた娘で、梅祭りの時に、会津戦争の芝居をやった際、その主役を演じて人気者にもなっていたし、市長の秘書でもあったからだった。

折戸修平のほうは、少し、違った扱いだった。市役所の広報課に、勤めている職員だが、有名人ではない。四十歳の、事務職員が、なぜ、華やかな、長瀬奈緒と、白虎隊士の墓の前で、心中をしたのか？ それが、話題になった。

十津川は、折戸修平のために、福島県警で証言をしなければならなくなった。

県警の田中警部が、丁寧な口調で、

「前に、十津川さんにお会いしてその時、今回亡くなった、十津川さんの、お友だちの折戸修平さんのことも、おききしています。しかし、今回、どうして、こうなったのかが、わからないので、十津川さんが、そのあたりの、事情をご存じでしたら、お話しいただけませんか？」

十津川は、折戸修平のことを、どう、話していいものかと迷いながら、まず、当たり障りのないことから、話していった。

「田中さんも、ご存じのように、死んだ折戸修平は、私の、大学時代の友人です。高校を卒業すると同時に上京、東京の大学に入学し、卒業すると、東京で、会社勤めをしていました。その彼が、会津若松の父親が亡くなって母親が一人だけになってしまっていて、妻を亡くして、会津若松に、帰ったのです。その後、母親と二人で暮らすことにしていたのですが、その母親が、突然、自害をしてしまいました」

「この会津若松では、有名な事件でしたから、よく、知っています」

「折戸修平は、会津若松に戻った後、一緒に死んでいた長瀬奈緒という女性と、知り合いました。この長瀬奈緒という女性ですが、ああいう女性が、折戸修平の、若い頃からの憧れだったんですよ。それで、折戸は、市長さんの、秘書をしていた彼女を見て、いっぺんで、好きになってしまったんです。自分の小さい時からの憧れの女性が、今も生きている。おそらく、そう思って、夢中になってしまったんでしょう。その後のことは、よくわかりませんが、たまたま、私が折戸修平に会いに、会津若松にきたら、あの飯盛山で、あんな形で、彼女と二人、死んでいたんです」

「彼女は、裾が乱れないように、膝を紐で、縛って死んでいますから、逃げようとして、殺されたということは、ないと思います。間違いなく、覚悟の自殺でしょうね。しかし、なぜ、二人が、心中してしまったのか？　その理由を、十津川さんは、ご存じですか？」

田中が、きいた。

十津川は、迷った。どう考えるかは、佐伯の書いた原稿を信じるか、それとも、折戸の書いた手記を信じるかによって、大きく違ってくる。

佐伯の原稿が、正しいなら、折戸が無理矢理、彼女を、あの現場に連れていき、心中を図ったのだ。

しかし、折戸修平自身が、書いた手記を信じれば、長瀬奈緒は、あと一、二年で、白血病の兆候が、出てしまう。それを、悲しむ彼女に同情して、折戸修平が、彼女と、心中を図ったことになってくる。

「長瀬奈緒さんですが、彼女が、何か、病気だったということは、きいていませんか？」

十津川が、田中に、きいた。

「病気ですか？」

「それも難病だという噂をきいたのですが、本当かどうかは、私には、わかりません。それが、わかれば、どうして、ああいう死に方を、したのかも、わかってくると思うのですが」

十津川が、いうと、

「すぐ調べてみますよ」

と、田中は、約束した。

その後、田中が、十津川に、こう教えてくれた。

「確かに、長瀬奈緒さんは、気分が悪くなって、医者に診てもらった時、白血病の恐れがあると、医者がいったそうです。ただ、白血病であるとは、いわなかった。詳しい検査を受けてくださいと、いっただけなのに、おそらく、そのことを、気に病んで、長瀬奈緒さんは、自分が白血病で死ぬと、思い込んだのではないかと、その医者は、いっています。その時、血液を調べたら、やたらに、白血球が多かった。何万という数、だったそうですよ。それで、白血病の恐れがあると、診断したらしいのですが、風邪が、ひどくなっても、急に、白血球が増えることが、ありますから、その医者は、断定しなかったと、そういっています」

「しかし、白血病の兆候が、出ていたのかもしれないんですか？　その点は、どうなんしたですか？」

「実は、そういう問題が、あるのなら、調べるべきでしたが、ああいう死に方を、したものですから、家族の人が、早く茶毘に付したい。そうおっしゃるので、長瀬奈緒さんの遺体は、もう、茶毘に付してしまったんです。ですから、調べるのは、無理のようですね」

田中が、小さく肩をすくめた。

二人の葬儀の時になって、問題が起きた。

旧家の、長瀬家では、娘のほうだけの、葬儀をやるといい、折戸修平のほうは、友人の十津川が、喪主になり、葬儀を出すことになった。その葬儀には、東京から、亀井も駆けつけてきた。

旧家の長瀬家の葬儀は、盛大だった。

それに、比べると、折戸修平の葬儀は、寂しいものだった。何しろ、会津若松の生まれなのに、二十年間も、故郷の町に帰らなかった男の、葬儀だったからである。

市長からは、花輪が届いたが、市長の参列は、なかった。

折戸修平の墓は、母親の墓のそばに、十津川が、建てることにした。

その墓石が、できあがった日、十津川は亀井と二人、その墓に参った。

「寂しいものですね」

と、亀井が、いった。

「そうでもないよ」

「母親のそばに、折戸の墓が、建ったからですか？」

「それもあるが、この寺の境内には、心中した長瀬奈緒の墓もあるんだ。少し離れてはいるが、同じ境内にある。折戸には、せめてもの、慰めになるんじゃないか？」

十津川が、いった。

「それなら、まあ、いいでしょうね」

と、いった後、亀井が、改まった口調で、

「問題は、どう、解決するんですか？」

「問題？」

「東京で、殺された佐伯隆太さんと、K出版の出版部長、小堺さんのことですよ。まだ、犯人は挙がっていませんが、警部は、折戸修平が、犯人だと、思っているんじゃないですか？」

「確かに、五十パーセントは、犯人は、折戸修平だと思っている」

「五十パーセントなんですか？」

「ああ、そうだ」

「そうすると、残りの五十パーセントは、ほかの人物ということになりますが、どんな容疑者を、警部は、考えているんですか？」

しつこく、亀井が、きく。

「別に、他に容疑者がいるから、五十パーセントと、いっているわけじゃないんだ」

「じゃあ、警部は、どういう根拠があって、五十パーセントと、いっているんですか？」

「ここに、折戸修平が書いた、原稿というか、手記がある」

そういって、十津川は、その手記を、亀井に渡した。

「これを、読んでから、カメさんの意見をききたいと思ってね」

「これを読むと、折戸修平の容疑は、五十パーセントに、なってしまうのですか？」

「気持ちなんだよ。五十パーセント、疑いがなくなるんじゃ、ないんだ。これを読んだ後でも、折戸修平を、犯人と断定してもいいかどうか、私はわからなくなってしまった。もちろん、今のところ、ほかには、容疑者らしい人物はいないから、折戸修平が、二人を殺したんだと思う。しかし、気持ちの上で、なぜか、容疑は、五十パーセントに下がってしまうんだよ」

「それは、警部が、折戸修平の、友人だからじゃないですか？」

「いや、それはない。私は、事件に対しては、私情に、溺れることはないと、自信を持っていた。しかし、今度だけは、ちょっと、別なんだ。死んだ佐伯も折戸も、私の友人だ。二人は、同じように、原稿を書いているが、その内容が、大きく違っているから、そのどちらを信じていいのか、わからない。わからないから、迷ってしまうんだ。とにかく、それを、読んだら、カメさんは、第三者だから、断定して欲しいんだ」

と、十津川が、いった。

その日、二人は、会津若松市内のホテルに泊まり、翌朝、ホテル内で朝食を取っている時に、

「昨日、読みました」

と、亀井が、いった。

「そうか、読んだか。それで、君はどう感じた？」

「そうですね。私は、佐伯隆太さんや折戸修平の、友達ではありませんから、冷静になろうと、思えばなれますが、それでも断定が、難しくなりました。というよりも、断定して、折戸修平を、殺人犯にするのが怖いのです」

亀井が、いった。

その日、ホテルを引き払って、新幹線で東京に戻った。

新幹線の座席につくとすぐ、亀井は、十津川に向かって、

「東京に帰ったら、三上刑事部長が、殺人事件のほうは、どうなったんだと、間違いなくきいてきますよ」

「そうだな。絶対に、きくだろうな」

「その時は、どうします？　逃げられませんよ」

と、脅かすように、亀井が、いった。

警視庁に帰って、三上刑事部長に会うと、十津川は、まず、

「休暇を取らせていただいたので、友人の葬儀を済ませ、お墓も、作ってやることができました」

と、礼をいった。

「よかったな」

と、いった後、三上は、十津川が想像していたとおり、

「それで、事件のほうは、どうなったんだ？　確か、君は、東京で起きた、二件の殺人事件は、同一犯の、犯行だといったはずだ。その犯人は、もうわかったんだろうね？　君が、会津若松で、葬儀をおえ、お墓まで、作ってきた折戸修平という友人が、二人を、殺した犯人なんじゃないのかね？」

「確かに、二人を、殺した容疑が強いのは、私の友人の、折戸修平です」

「ほかに容疑者は？」

「おりません」

「それなら、断定しても、いいんじゃないのかね？　いつまでも、捜査本部を解散しないで、そのままにしておくわけにも、いかんぞ。明日にでも、記者会見を開いて、犯人

はわかったが、自殺してしまったと発表するが、それでいいかね？」

「しかし、証拠が、ありません」

「証拠？　証拠なら、あるじゃないか？　例の、殺された佐伯隆太という男が、書いた原稿だよ。君の友人の折戸修平は、その原稿の内容に怒って、佐伯隆太を、殺してしまったのではないのかね？　これで、もう原稿は本にならないだろうと安心していたら、彼が勤めていたK出版で、その原稿を本にするという話が、まだ生きていた。そこで、折戸修平は、何としてでも、本にはしたくなくて、今度は、小堺を殺してしまったんだ。証拠もあるし、動機もあるじゃないか？」

「折戸修平が書いた原稿というか、手記もあるのです。佐伯の原稿と同じように、折戸修平のこと、愛する女性、長瀬奈緒のこと、そして、市長のことが、書いてあります」

「それにも、真実が、書いてあるのか？」

「そうです」

「それなら、同じストーリイ、同じ結論になるはずだな？」

「それが、違うストーリイ、違う結末になっています」

「それは、おかしいじゃないか。どちらかが、嘘を書いているんだ」

「二つとも、真実を書いています。ただ、佐伯の原稿には、彼から見た真実が書かれ、折戸の手記は、彼の願う真実が、書かれています。佐伯は、そのために殺され、折戸は、そのために、女と心中しています」

「そんな奇妙な真実があるのなら、二つの原稿を見せたまえ」

「ありません」

「どうしたんだ？」

「焼いてしまいました」

「どうして、そんなことをしたんだ？」

「今も申しあげたように、佐伯は、彼の見た真実を書いて殺され、折戸は、彼の感じた真実を書いたために、自殺に追い込まれました。そんな悲しいものは、本人と共に、葬るべきだと思い、折戸の手記は、会津若松で、一緒に荼毘に付しました。佐伯の原稿は、彼の墓に埋めました」

解説

山前　譲

もし友人に警察官がいたならば、じつに頼もしいと思うに違いない。たとえどんな部署に所属していようとも、なにかトラブルに直面したときには相談にのってもらえそうである。ましてや、警視庁捜査一課の十津川警部の友人となると、まさに大船に乗ったというところではないだろうか。

ところが、じつはそんなに安穏とはしていられないのである。なぜなら、十津川の事件簿には大学の同窓生がたくさん登場するけれど、もちろんいつも事件絡みだからだ。容疑者だったり被害者だったり……。

たとえば、大学時代に野球部のキャプテンでプロ選手になった早田は、甲子園球場の近くで殺されてしまった（「十津川警部の怒り」）。剣道をやっていた原口は雲仙で死を迎えている（「十津川警部『告発』」）。大学時代には同人誌活動もしていたという十津川だが、岡田（「スーパー特急『かがやき』の殺意」）や沢田（「特急『あさしお３号』殺人事件」）と、作家になった同窓生が殺人事件の被害者の事件もある。

さらには、寝台特急「富士」の個室寝台で死体となって発見された商事会社の営業部長の池内など（「特急『富士』殺人事件」）、十津川警部と縁があるからだとは断定したくはないけれど、何かと危機が迫ってくるのが同窓生たちだった。

そして、二〇〇八年一月に双葉社より刊行された本書『会津　友の墓標』である。ここでもなんと、十津川警部の大学の同窓生が殺されている。足立区の荒川の河川敷で死体となって発見されたのは、ヨット部で仲の良かった佐伯隆太だ。

一週間前、十津川はその佐伯からの手紙を受け取っていた。やはり同窓の折戸修平に誘われ、今彼が住んでいる会津若松へ向かう、と書かれていた。だが、佐伯はその後消息を絶ってしまう。そして死体となって、十津川と再会することになったのだ。十津川は亀井刑事とともにすぐ、福島県の会津若松へと向かう……。

佐伯からの手紙には、折戸が会津戦争で奮戦した家老の娘姉妹に似た、素晴らしい女性と再婚することになったと書かれていた。十津川と亀井がその女性を追い求めていくなかで、動乱の幕末に翻弄された会津藩のさまざまな悲劇を知ることになる。

会津戦争――慶応四（一八六八）年八月から九月にかけて、会津若松の鶴ヶ城で展開された攻防をピークとする、明治維新でのエポックメイキングな戦いだ。前年に大政奉還があり、薩摩と長州を中心とする新政権は、佐幕派を一掃するべく北へと向かう。

そのメインのターゲットが会津藩で、東北や越後の諸藩の援護もあったけれど、多勢に無勢、そして武力の差は致しかたなかった。鶴ヶ城での壮絶な戦いのはてに、会津藩は敗北を余儀なくされる。その経緯は、曽祖父が会津藩士である早乙女貢氏の『会津士魂』（集英社文庫）に詳しい。

すでにオリジナル著書が六百作を超えた西村氏だが、二十一世紀になって歴史に材を取った作品が目立ってくる。

徳川秀忠の娘にまつわる『十津川警部　姫路・千姫殺人事件』、榎本武揚や土方歳三が関係しての『十津川警部　五稜郭殺人事件』、あまりにも有名な坂本龍馬に迫った『高知・龍馬　殺人街道』、柴田勝家が豊臣秀吉に勝っていたらどうなっただろうと仮定しての『十津川警部　湖北の幻想』、幕末の京都で活躍した十津川郷士にスポットライトを当てた『十津川警部　十津川村　天誅殺人事件』、有名な真田幸村ゆかりの地を舞台にした『十津川警部　幻想の信州上田』といった長編である。

そして二〇〇一年刊の『十津川警部　帰郷・会津若松』では、本書と同様に会津戦争がテーマとなっていた。そこで女性だけの義勇軍を率いた中野竹子は、凛とした風情を湛える絶世の美女としても有名だが、その竹子の面影を引く女性と彼女への憧れを抱く男が事件のベースだった。

会津戦争といえばやはり白虎隊が最も有名だろう。会津藩が組織した武家の男子による部隊のなかで、一番年少者によって組織されたもので、十六、七歳の少年が主だった。

その戦いぶりについてはいろいろ伝えられているが、いずれにしても白虎隊のメンバーの会津藩への忠心はまさしく武士の本分だろう。

一方、正規の部隊ではなかったものの、今も会津で語り継がれているのが、江戸詰勘定方中野平内の娘である竹子が中心となって自発的に結成された義勇軍だった。わずか二十人ほどのグループだったが、会津藩主・松平容保の義姉・照姫を守護するために奮戦した。涙橋こと柳橋における長州・大垣軍との戦いがクライマックスで、そこには今、戦死した竹子の碑がある。二〇一三年放映のNHK大河ドラマ『八重の桜』でも描かれていた。

ただ、刀や薙刀(なぎなた)が主な武器だったので、すでに鉄砲の時代となっていた戦いではまったく不利で、会津戦争を左右するものではなかったようである。とはいうものの、飯盛山にある「白虎隊記念館」ではその健気(けなげ)な戦いぶりが顕彰されている。

本書『会津　友の墓標』は、その記念館を訪れた十津川警部と亀井刑事の推理が、十津川の同窓生の人生と交錯して謎解きの興味をそそっていく。

人気シリーズ・キャラクターの常として、すっかり歳(とし)をとることを忘れてしまった十津川警部だが、大学時代のエピソードは事件簿のそこかしこで語られている。当時は学校の近くにあった木造モルタルの安アパートに住み、十津川は青春を謳歌(おうか)していた。近くの喫茶店のウェイトレスに心惹(ひ)かれたこともあったようだが、短編の「甦(よみがえ)る過去」や「十七年の空白」のように、だいたいは失恋の痛手である。なかでも特筆されるのは、「江ノ電の中の目撃者」の夕子とのエピソードだろう。

ヨット部の夏合宿で、湘南海岸にあった夕子の家の離れに宿泊し、一緒に泳いだ彼女の水着姿を忘れられなかったというのである。そしてお互いに心惹かれて……。『十津川警部「初恋」』でふたたび夕子と再会している十津川だ。

ヨット部のキャプテンを務めていたせいだろうか、十津川の初期の事件簿では、『赤い帆船』、『消えたタンカー』、『消えた乗組員』と、海にまつわる事件が多かった。ただ、そこで大学の同窓生が関わったことはない。ここに登場するヨット部で同じ釜の飯を食った佐伯隆太との、大学時代の具体的なエピソードがないのは、十津川警部のファンにとってはちょっと残念かもしれない。

そして一番目立つのは、新聞記者の友人である。中央新聞の田島、田口、原田、そして東西新聞の田名部といった面々だ。

とくによく登場するのは田口で、『寝台特急「はやぶさ」の女』、『殺人列車への招待』、『諏訪・安曇野殺人ルート』、『十津川警部・怒りの追跡』、『九州新特急「つばめ」殺人事件』、『越後湯沢殺人事件』といった長編など、数多くの作品に姿を見せている。犯罪捜査に携わる警部の情報源なのだから、新聞記者との親密な交友関係は致し方のないところだろう。

その他、電気会社の人事部長や通産省の課長、芸能プロダクション社長と、十津川の事件にかかわってくる同窓生は多士済々だが、もちろん謎解きには関係ない。そこに忖度はないのだ。同窓生だからといって、真相究明への道筋は同じである。折戸と佐伯にはどんな因縁があったのだろうか。本書『会津　友の墓標』での同窓生の確執を探る十津川警部の執念の捜査は、会津藩の悲哀と絡んで謎解きを堪能できるに違いない。

（やままえ・ゆずる　推理小説研究家）

本書は、二〇一一年三月に双葉文庫として刊行されました。

＊この作品はフィクションであり、実在の個人・団体・事件などとは、一切関係ありません。

西村京太郎の本

十津川警部　北陸新幹線「かがやき」の客たち

細野は恋人綾と開業日に北陸新幹線に乗る計画をたてた。だが綾は現れず、江戸川で溺死体となって発見。十津川警部は細野に疑惑を……。北陸新幹線を舞台に描く旅情ミステリー。

西村京太郎の本

十津川警部　雪とタンチョウと釧網本線

行方不明だった親友の恋人が記憶喪失の状態で発見された。十津川警部は人気のＳＬが走る釧網本線に乗り、連続殺人の真相を追う！　北海道と東京を結ぶ長編旅情ミステリー。

集英社文庫

西村京太郎の本

けものたちの祝宴

金欲しさに社長の女に接近した矢崎。だが自分の愛人が殺され、復讐を誓う……。色と欲にまみれた悪党たちの中で、最後に生き残るのは一体誰か？　スリリングな異色ミステリー！

集英社文庫

西村京太郎の本

十津川警部　九州観光列車の罠

十津川警部の相棒である亀井刑事に総理大臣夫人殺害容疑が！　その上、息子まで誘拐される。亀井に突如として訪れた窮地に、十津川警部は奔走するが……。傑作旅情ミステリー。

集英社文庫

集英社文庫

会津 友の墓標

2021年4月25日　第1刷　　定価はカバーに表示してあります。

著者　西村京太郎
発行者　徳永　真
発行所　株式会社　集英社
東京都千代田区一ツ橋2-5-10　〒101-8050
電話　【編集部】03-3230-6095
【読者係】03-3230-6080
【販売部】03-3230-6393（書店専用）
印刷　大日本印刷株式会社
製本　ナショナル製本協同組合

フォーマットデザイン　アリヤマデザインストア　　マークデザイン　居山浩二

ISBN978-4-08-744235-9 C0193